U0083848

古典詩歌研究彙刊

第十輯

龔鵬程 主編

第 13 冊

金元稷山段氏二妙詞研究（上）

蔡欣容 著

國家圖書館出版品預行編目資料

金元稷山段氏二妙詞研究(上)／蔡欣容 著 — 初版 — 新北市：
花木蘭文化出版社，2011〔民100〕
目 2+162 面；17×24 公分
(古典詩歌研究彙刊 第十輯；第 13 冊)
ISBN 978-986-254-585-0（精裝）
1.（金）段克己 2.（金）段成己 3. 傳記 4. 詞論
820.91   100015355

ISBN-978-986-254-585-0

古典詩歌研究彙刊
第十輯　第十三冊   ISBN：978-986-254-585-0

金元稷山段氏二妙詞研究（上）

作　　者　蔡欣容
主　　編　龔鵬程
總 編 輯　杜潔祥
出　　版　花木蘭文化出版社
發 行 所　花木蘭文化出版社
發 行 人　高小娟
聯絡地址　新北市永和區中正路五九五號七樓
　　　　　電話：02-2923-1455／傳眞：02-2923-1452
網　　址　http://www.huamulan.tw 信箱 sut81518@gmail.com
印　　刷　普羅文化出版廣告事業
初　　版　2011 年 9 月
定　　價　第十輯 20 冊（精裝）新台幣 28,000 元

版權所有・請勿翻印

金元稷山段氏二妙詞研究（上）

蔡欣容 著

作者簡介

蔡欣容，台灣雲林縣人，自小喜好閱讀，對文學尤為熱愛。

高三保送國立中山大學中國文學系，中山大學畢業之後，就讀國立成功大學中國文學所碩士班，投入王教授偉勇門下，與師學習，鑽研詞學。後考取公職，現任職於新竹縣仁愛國民中學，築居風城。

提　　要

段克己，字復之；段成己，字誠之，號菊軒，為克己胞弟，小克己三歲。二段生當金元之交，入元之後，二人不事異主，雙雙隱居龍門山，躬耕自足，優遊以終。段氏兄弟有才名，作品由後人合刻，稱為《二妙集》，集共八卷，六卷為詩，後兩卷為詞。本論文以段氏兄弟樂府為研究對象，詞共一百三十闋，稱之〈二妙詞〉。

論文重點有二，其一為段克己兄弟，其二為〈二妙詞〉形式與內容之探討。首先考述二段生平世系及著作，介紹二段時代環境背景，其次探析〈二妙詞〉之主題與形式。自〈二妙詞〉可看出段氏兄弟之人生際遇，二段以詞批評時事，反映現實，詞中頗有寄寓，或抒家破國亡之痛，或述身世漂泊之悲，或發垂暮之歎，或明遁世澹泊之志，或抒隱逸生涯之趣，內容豐富，風格多樣。

先探討〈二妙詞〉主題，詞共計一百三十闋，大致可歸納為七類：遊歷、酬贈、祝賀、詠花、感興、詠春、酬神。從主題之探析窺之二段情感與思想。〈二妙詞〉流露家國之恨，親友因戰亂而離散之悲，有身世飄零之孤獨感，晚年又有遲暮之歎。後期作品，詞風轉淡泊，可見其心境已從悲憤化為恬適。

次探析〈二妙詞〉形式。二段擇調皆選用常用詞牌 所選之調頗能符合其聲情。依《詞律辭典》所載格律，觀之〈二妙詞〉一百三十闋，共有九十一闋合於音律，此外，二十九闋不合律，蓋因二段性曠達豪爽，又遭逢國變，憂憤抑鬱，詞律難以束縛之。而後探析〈二妙詞〉之藝術特色，共分三類：設色鋪彩，形象鮮明、善用疊字，和諧自然、援古據典，活用故實。二段兄弟善用顏色詞彙，使人物或景色形象更為鮮明，一百四十個顏色詞彙，一百三十闋中有七十二闋使用顏色字，可知詞人好用顏色字。二段善用疊字，使景象益加鮮活，人物形象栩栩如生，詞更為豐富。〈二妙詞〉用典頻繁，先秦至金，範圍囊括經、史、子、集。詞人忻慕陶潛，故多引用其人或其作品入詞，其次，多徵引宋詞、金詞，從〈二妙詞〉取材對象可究其文學淵源。〈二妙詞〉詞上承北宋詞，繼承北宗詞豪放風格之傳統，又受南宋詞影響，下啟元詞。〈二妙詞〉呈現多種情感，展現心靈上之多樣性，情深意摯，反映時代之悲劇性，頗能代表金末元初動盪時代之文人。二段，其人可敬，其詞可觀，比之南宋詞家亦不遜色，足以列為金末重要詞家。

上 冊

第一章 緒 論 1
　第一節 研究動機與擬題 1
　第二節 研究方法與目的 3
　第三節 文獻回顧與分析 5

第二章 段氏兄弟生平世系與著作考述及其時代背景 11
　第一節 生平世系與著作考述 11
　第二節 金源時代環境 20

第三章 〈二妙詞〉之主題 49
　第一節 遊 歷 49
　第二節 祝 賀 68
　第三節 詠 花 77
　第四節 酬 贈 82
　第五節 感 興 91
　第六節 詠 春 100
　第七節 酬 神 105

第四章 〈二妙詞〉之形式 109
　第一節 詞牌體製 109
　第二節 詞譜格律 113
　第三節 韻部分類 146

下 冊

第五章 〈二妙詞〉之藝術特色 163
　第一節 設色鋪彩，形象鮮明 163
　第二節 善用疊字，和諧自然 173
　第三節 援古據典，活用故實 181

第六章 結 論 231

參考文獻 237

附 錄
　附錄一 山西稷山馬村段氏墓碑磚雕 245
　附錄二 稷山段氏世表 249
　附錄三 〈二妙詞〉編年表 251
　附錄四 〈二妙詞〉編年箋注 255
　　〈二妙詞〉編年箋注（段克己撰） 255
　　〈二妙詞〉編年箋注（段成己撰） 327

目次

第一章　緒　論

第一節　研究動機與擬題

　　翻閱中國文學史，發現金源一代常略而不提，[註1] 許是前有輝煌宋詞，後有成就非凡之元曲，故金源文學光芒爲之掩蓋。譬如劉大杰《中國文學發展史》，[註2] 於南宋之後，便介紹元代文學，對有金一代隻字未提。然而金代果眞無文學嗎？其實不然，金源文壇人才輩出，於北曲與諸宮調取得相當高之成就；於詞賦方面，更見專詣。據《全金詩》所錄文學家多達三百五十人，可見文壇粲然可觀。而前人論詞多以爲詞盛於兩宋，中衰於元明，至於金代，則無所論述，譬如趙尊嶽之言：「今人之治學者，多籠統概括之詞以評歷代，必曰詞肇始於陳隋，孳乳於唐代，興於五季，而盛於南北宋，元承宋後，衰歇於朱明，而復興於有清。」[註3] 然而《全金元詞》錄金代詞家約七

〔註1〕可是長期以來，由於正統思想以及其他傳統觀念作怪，人們對於這份寶貴的珍貴遺產（金代文學）很少予以重視，甚至存在著一種用南宋文學來涵蓋金代文學的傾向。詳見：周惠泉：《金代文學研究》（臺北：文津出版社，2000年4月），頁1。

〔註2〕劉大杰：《中國文學發展史》（臺北：華正書局，1994年）

〔註3〕趙尊嶽輯：《明詞彙刊》（上海：上海古籍出版社，1992年。）見其卷末附錄，頁1。

十人，詞作約三千五百闋，詞於金實未亡也。

　　金代文學可稱之為中國北方文學，與中國古典文學不可劃分，言中國詞史不可僅論宋詞，而忽略金詞，趙維江於《金元詞論稿》之引言中便云：「南宋詞實際上只是這一百五十餘年間產生於南方的作品。原來，我們稱之『一代之文學』的宋詞並不能代表那個時代（西元十二世紀上半葉初至十三世紀下半葉）中國詞壇的完整風貌」，〔註4〕而王昊更進一步指出忽略金詞所衍生之問題，其曰：「作為詞史在北方發展的有機一環，忽略金詞將無法準確看清詞史中的一些規律性問題」。〔註5〕故研究詞者，必不可對金詞略而不提。

　　金統治者為北方遊牧民族，有雄渾之氣，風俗與中原固殊，故金人吟詩賦詞，華實相副，骨力遒上，與南宋呈現不同之風貌。清況周頤便道：「宋詞深致能入骨，如清眞、夢窗是，金詞清勁能樹骨，如蕭閑、遯菴是。」〔註6〕雖風格有異，然金詞與宋詞非截然兩派，其中有其關聯性，有金人入宋者，亦有宋人入金者，若僅論宋詞，而對金詞視而不見，將二派視為獨立個體，不識其淵源，便未能綜觀詞史，然元、明二代對金代文學多有忽視，或加以貶損，有清一代或出於民族同理心，較重視金源文學，於是有《全金詩》、《金文最》等文獻誕生而傳世，金詞研究大興於清，其中以況周頤研究最深入。〔註7〕滿清亡，民國興，金代文學之研究未能及時延續，直至1979年代金代文學方又漸受重視。〔註8〕然比較宋、金二代詞學研究成果，就量而

〔註4〕趙維江：《金元詞論稿》（北京：中國社會科學出版社，2002年2月），頁1。

〔註5〕詳見王昊：〈論金詞創作型態與群體特徵〉，《文學遺產》1998年第4期，頁1。

〔註6〕〔清〕況周頤：《蕙風詞話》，見唐圭璋編：《詞話叢編》（臺北：新文豐出版社，1988年）卷五，頁4456。

〔註7〕關於況周頤對金元詞之研究，詳見楊柏嶺：〈況周頤的金元詞研究〉，《民族文學研究》，2005年2月，頁112～118。

〔註8〕詳見胡傳志：《金代文學研究》（合肥：安徽大學出版社，2000年5月），頁1。

言，宋詞研究成果豐碩，金源研究數量則如九牛之一毛也。雖然如此，研究金代文學實有助認識中國文學源流，研究金源詞，更能洞悉詞史之整體風貌。

段克己、段成己兄弟生於金章宗承安年間，二人於金末先後及進士第，未幾，金元移祚，二段便避往龍門山，幽居持節，時人以「儒林標榜」目之。二段著作由段克己之孫段輔搜羅，合刻付梓，稱之爲《二妙集》，書共八卷：詩六卷，樂府二卷。筆者點檢金元詞相關研究，或完全未提及二段者，如夏承燾、張璋編選之《金元明清詞選》；或對二段長短句有所論述，卻僅限於零碎簡括，未見全面探討。筆者爬梳段氏二妙詞作，覺其思想豐富，風格多樣；究其淵源，上承宋詞，下啓元詞。〈二妙詞〉內容充實，文采翩翩，於詞史自有其地位，而〈二妙詞〉未有自文本深入研究者，故筆者乃發憤述作，希冀爲二段千古知己。

自確定研究對象，即思考如何擬題。稷山（今屬山西）爲段氏兄弟之籍貫，二人雖生於金源，然金亡，元代立，克己於元度過廿一年遺民生活，成己則身處異代四十六年，二人詩作復選入《元詩選》、《全元文》，對元初文壇亦有貢獻，故時代訂爲「金末元初」。二段幼有才名，當時禮部尚書趙秉文目之「二妙」，所作稱爲《二妙集》，本文以集中詞作爲研究對象，故稱之〈二妙詞〉，故本文題目訂爲《金末元初稷山段氏二妙詞研究》。

第二節　研究方法與目的

本論文研究有兩大重點，其一，爲段克己兄弟本身；其二，爲其詞作探析。所用文獻除一般史籍、年譜，以及金元詞相關書籍外，採用文本爲臺灣商務印書館出版之《二妙集》，本書無標點句讀，故又參考唐圭璋編《全金元詞》，取之對比校正。詞人本身於正史無傳，所見交遊資料僅趙秉文與元好問二人，亦只限於片紙隻字，或一、二

篇期刊，故其交遊（或師承），無法成文探微，於是，僅考述二段生平、家譜世系與著作，及其時代政治社會環境，以及當時文學發展、詞壇概況。

關於詞作探析，大致上由內容與形式二方面進行探討，內容則自〈二妙詞〉主題著手。本書第三章主題共分七大類，分別是遊歷、酬贈、祝賀、詠花、感興、詠春、酬神，自主題之論述分析，從而歸納出其思想感情之複雜性，與風格之多樣性。至於第四章形式，由詞譜、格律，統計其合律與否之比例，由韻部之分析，歸納詞人用韻之喜好。第五章，就其所用修辭技巧最普遍者：設色鋪彩、善用疊字、援古用典，論述其藝術特色。

關於段氏兄弟之研究文獻未豐，金元詞相關書籍僅以數頁，聊備一格，唯有一篇范長華〈試探亡金遺民段氏兄弟詞〉一文，由於篇幅有限，僅點到為止。學位論文共有兩篇以段氏兄弟作品為研究對象，其一為《金末河東二妙文學研究》，〔註9〕其二是《二妙詞研究》〔註10〕今尚無〈二妙詞〉較完整箋注本。故自確定題目與研究範圍，便先從其長短句入手，從事〈二妙詞〉箋注，逐字逐句解釋，以掌握詞義，與用典情形。

關於蒐集文獻資料方面，充分利用本校或各地圖書館之館藏，復以極便利之網路資源，舉凡與金元時代相關著作，譬如史冊、年譜、歷代詞話、期刊論文、詞譜辭典，前人選集或時人著作，皆在搜羅之列，並將所得資料與以整理分析，歸納並作有效之運用。

本文分六章，首章緒論，陳述研究動機與擬題、研究方法與方法以及文獻回顧與分析。第二章考述段氏兄弟生平世系與著作，及其時代背景；第三章為〈二妙詞〉之主題，從分析詞之主題，進而得知其感情思想與其風格；第四章〈二妙詞〉形式，探討二段選調、用韻情

〔註9〕 劉美琴：《金末河東二妙文學研究》，趙山林指導，上海：華東師範大學碩士論文，2006 年。
〔註10〕 張沫：《二妙詞研究》，趙維將指導廣州：暨南大學碩士論文，2004 年。

形，及合律與否；第五章爲〈二妙詞〉藝術手法，從設色鋪彩、疊字與活用故實三點探究之。最後一章爲結論，歸納本文研究成果，論證〈二妙詞〉之價值，從而確立〈二妙詞〉於金元詞史中之地位。附錄者有四，其一爲「山西稷山馬村金段氏群墓磚雕」，二爲「稷山段氏世表」，三爲「〈二妙詞〉編年表」，四爲「〈二妙詞〉箋注」。

　　本於對文學熱愛，先著手箋注〈二妙詞〉，對前人詩賦、樂府多有涉獵。優遊於中國文學瑰麗之殿堂，其中尤鍾情於詞，遇佳句美辭，往往吟誦再三，回味無窮，箋注既成，亦已飽讀前人佳作。藉著撰寫本文，瞭解金元時代背景，增長文學知識；分析二段長短句，亦可培養對詞之鑑賞能力。

　　而詞學研究者，多忽略金詞，未正視其詞史地位。本文研究對象段氏兄弟，英靈亦埋沒已久，有待後人深入研究。要之，本論文研究目的有二，第一個爲究二段文學淵源；第二個爲肯定〈二妙詞〉本身之價值，進而凸顯其於詞史之重要性，證明金源詞壇英才輩出，有二段詞章風流傳世。

第三節　文獻回顧與分析

　　現有論及或記載段氏兄弟及其樂府作品，《金代文學研究》簡介《二妙集》與二段生平，引吳澂《二妙集・原序》說明段氏兄弟才性與作品特質，〔註11〕論述金代文學之發展，於後期發展論及段克己，言克己詩關注民生，有悲天閔人之情懷，評克己詞作：「于凄婉中見曠放，深沉處露挺秀」，〔註12〕至於成己作品則以隻字片語帶過：「與段克己相近，字裡行間時而流露河山非昔之慨和人世滄桑之感」；〔註13〕《金代文學史》，〔註14〕略述二段生平，以爲克己有期

〔註11〕周惠泉：《金代文學研究》（臺北：文津出版社，2000 年 4 月），頁77～78。
〔註12〕同上註，頁 309。
〔註13〕同上註，頁 310。

王佐之志，然時不我與，隱居龍門，卻因戰亂現實環境使其難忘於物外，形成「陶之達，杜之憂，蓋兼而有之」（《二妙集・原序》語）之特點，另有四首詩作舉隅。至於成己，詹杭倫以爲其與兄同，皆遭國難，雖投身田野，但面對干戈未息之現實，猶發出悲鳴，至於成己詩歌成就，則以爲足稱「達之辭者而憂之意微」（《二妙集・原序》語）；﹝註15﹞有《金元詞述評》，簡述金詞之時代背景，稱「段氏兄弟，皆爲一時作手」，﹝註16﹞介紹晚金詞苑談及「二妙雙飛之段氏兄弟」，先簡述克己生平，次列舉詞作五首說明，贊克己詞佳作頗多，後述成己生平，次以四首詞作闡明成己長短句之特色，張子良以爲其作不讓於兄；﹝註17﹞《金代文學學發凡》於內篇「金代文學發展軌跡掃瞄」一節提到段氏伯仲，稱克己詩風「剛健清新」，內容關注國運與人民之命運，以遺民身分位金代唱出哀戚輓歌，至於詞作批評則與《金代文學研究》同，﹝註18﹞外篇「金代後期文學評述會要」一節，先略述克己生平，引虞集〈河東段氏世德碑銘〉《二妙集・原序》、《二妙集・跋》、車璽〈河汾諸老詩集・序〉與《四庫全書總目提要・二妙集》，最後引《蕙風詞話》作結，﹝註19﹞純粹羅列資料，無所論述。

至於詞史方面，有《金元詞史》於「金元詞的分期」一章提到二段，將其歸入第三期，由貞祐元年誌哀宗天興三年（1213～1234），屬於慨嘆世事，哀感橫生之詞人；﹝註20﹞於「金元詞在詞史上的地位」將克己〈滿江紅〉（古堞憑空）與南宋詞作對比，以說明風格之差異；

﹝註14﹞詹杭倫：《金代文學史》（臺北：貫雅文化有限公司，1993 年），頁374～375。

﹝註15﹞同上註，頁386～388。

﹝註16﹞張子良：《金元詞述評》（臺北：華正書局，1979 年 7 月），頁20。

﹝註17﹞同上註，頁99～104。

﹝註18﹞周惠泉《金代文學學發凡》（長春：東北師範大學出版社，1994 年），頁29～31。

﹝註19﹞同上註，頁272～276。

﹝註20﹞黃兆漢：《金元詞史》（臺北：臺灣學生書局，1992 年 12 月），頁22。

〔註21〕於「金元詞中所表現的時代意義」一章，以克己〈滿江紅〉（塵滿貂裘）與成己〈臨江仙〉（暮秋感興。濁酒一杯歌一曲）說明鼎革易代之詞人，唯有以詞宣洩心中悲憤；〔註22〕將二段列爲金末六大詞人，除介紹生平小傳，並舉詞作闡述思想內容。〔註23〕《中國詞史論綱》於「金詞論綱」一章將二段歸於金末亡國時期之詞人，介紹生平之外，舉詞例說明二妙長短句，更言其爲金詞結束者。〔註24〕至於年譜類則有二筆，一爲清孫德謙《元金稷山段氏二妙年譜》（以下簡稱《孫譜》）詳載二段生卒年以及經歷，二是《金代文學家年譜》，此書下冊亦載二段年譜，資料豐富，徵引墓誌銘、及墓表與地方通志，考證較《孫譜》詳細，可正《孫譜》之謬誤。

　　至於期刊論文則有〈二段「二妙」（同登第）與「二妙」之譽不同時〉，《孫譜》以爲二段同級進士第與趙秉文稱其爲二妙，乃是同年，此文以考證諸多相關資料，並查證金開科舉之年，得出結論乃是二段被趙秉文稱爲二妙應在幼年，與登第之年不同時；〔註25〕〈李俊民、段氏二妙詩詞文用韻考〉，此文考述金代山西詞人李俊民與二段詩詞文章之用韻，透過與宋代西北方音等之比較，復連繫現代晉語進行分析，發現不少合韻應是金代晉語特點之反映。〔註26〕《河汾諸老隱居心態研究》，河汾諸老指黃河、汾水流域之金遺民詩人麻革、張宇、陳賡、陳庚、房皞、段克己與段成己。元房祺爲上述詩人編《河汾諸老研究》。文中以隱居於河汾地區之詩人，其期許自己居官建功，平天下，然而現實與理想衝突，終不能如願，於是諸老自放山林，尋蕭

〔註21〕同上註，頁41.
〔註22〕同上註，頁41。
〔註23〕黃兆漢：《金元詞史》（臺北：臺灣學生書局，1992年12月），頁131～140。
〔註24〕金啓華：《中國詞史論綱》（南京：南京出版社，1992年），頁92～93。
〔註25〕索寶祥：〈二段「二妙」（同登第）與「二妙」之譽不同時〉，《晉陽學刊》1997年第6期，頁103～105。
〔註26〕丁治民：〈李俊民、段氏二妙詩詞文用韻考〉，《東南大學學報》，2003年3月第5卷第2期，頁100～103。

散逸趣，然其心猶欲濟世救民，諸老矛盾掙扎，可自其詩洞見古代文人共同之痛苦；〔註27〕〈河汾諸老探賾〉一文，諸老透過詩作實踐以唐人為指歸詩學思想內涵，對肇啓元明宗唐復古詩風有其貢獻，將諸老以金室南渡和蒙古滅金為斷，分三期，詩作反映戰亂、表現幽居生活之趣，河汾諸老為影響金遺民詩人之群體，對文學的繼往開來與促使元詩繁榮有重要之歷史意義；〔註28〕〈試探亡金遺民段氏兄弟詞〉，文中以黍離之悲、菊花之愛、手足之情、空度歲華與鄉土民風五點論述二段詞作內容，稱二段為詞史具有過度意義之重要詞家；〔註29〕〈論金遺民文學之文化心理闡釋〉一文，將金末文人出路分為五途，仕於新朝、依於漢人世侯、歸隱山林鄉里、入道和入宋，而二段為歸隱山林之屬。〔註30〕至於辭典類，賞析二段詞作，有兩本《金元明清詞鑑賞辭典》。〔註31〕

　　又學位論文有兩本，一為《金末河東二妙文學研究》，前者主要分兩大部分，第一部分主要研究「二妙」之生平思想，包括其家世、生平事蹟、思想、稱謂之由來，第二部份為探討二段昆仲之詩詞文章，其中第三章第三節為〈二妙詞〉之藝術特色，分深沉剛健和嫻雅俊逸之風格與典故之運用兩點探析，又分析元好問對二段之影響，最後針對二妙於文學史上之地位作評價；〔註32〕二是《二妙詞研究》，以思

〔註27〕賈秀雲：〈河汾諸老隱居心態研究〉，《晉陽學刊》2003年第5期，頁88～92。

〔註28〕劉達科：〈河汾諸老探賾〉，《江蘇大學學報》（社會科學版），2005年1月，第7卷，第1期，頁40～48。

〔註29〕范長華：〈試探亡金遺民段氏兄弟詞〉，《忻州師範專科學校學報》，1994年，第四期，頁1～7。

〔註30〕陶然：〈論金遺民文學之文化心理闡釋〉，《杭州師範學院學》（社會科學版），2006年第1期，頁49～54。

〔註31〕唐圭璋主編：《金元明清詞鑑賞辭典》（臺北：新地文學出版，1992年）；王步高主編：《金元明清詞鑑賞辭典》（南京：南京大學出版社，1989）

〔註32〕趙維江指導，張沫：《二妙詞研究》廣州：暨南大學碩士論文，2004年。劉美琴：《金末河東二妙文學研究》，趙山林指導，上海：華東

想內容而言，體現易代傳統儒士之遺民意識與華夷之辨之雙重痛楚，風格上追步稼軒而詞作有北宗特色，藝術表現方面兼有陶達與杜憂，於金源詞壇有典範意義。〔註33〕觀之二段研究文獻，雖不能稱之豐碩，然猶有可供參考之處，對研究二妙兄弟尤有裨益。

師範大學碩士論文，2006 年。全書共五十餘頁，其中探討二段詞作藝術特色，頁 37～43。

〔註33〕張沫：《二妙詞研究》，趙維江指導，廣州：暨南大學碩士論文，2004年。全書同二妙詞校注共六十餘頁。

第二章 段氏兄弟生平世系與著作考述及其時代背景

第一節 生平世系與著作考述

一、生 平

段克己，字復之，號遯菴，別號菊莊，生於金章宗承安元年（1196），〔註1〕卒於元憲宗四年（1254，即宋理宗寶祐二年），享年五十有九。段氏世居絳州稷山〔註2〕（今屬山西省），克己與弟成己齊名，人稱「稷亭二段」。〔註3〕克己正史無傳，然《山西通志・文學錄中》載其小傳：

〔註1〕 根據清人孫德謙推測段克己應生於金章宗承安元年。德謙案：先生甲辰晦日立春〈江城子〉詞云：「四十九年，強半在天涯。」甲辰爲元太宗十六年。晦日者，謂除夕也。故詞有「明日新年」語。是時金亡正十歲，先生於甲辰爲四十九，以此上推實生於承安源年無疑矣。詳見〔清〕孫德謙：《元金稷山段氏二妙年譜》（臺北：臺灣商務印書館。1981 年），頁 18。

〔註2〕 《金史・地理志》：「絳州天會六年置絳陽節度使，興定二年十二月升爲晉安府，總管河東南路兵馬，三年三月置河東南路轉運司。其屬縣有八一爲稷山。」由上述可知稷山於金時隸屬於絳州。同上註，頁 19。

〔註3〕 遯菴、菊軒，有稷亭二段之目。〔金〕房祺《河汾諸老詩集・序》（北京：中華書局，1985 年），頁 1。

段克己，字復之，河東稷山人。恒子，與弟成己並有才名。
禮部尚書趙秉文目曰二妙，大書「雙飛」二字名其里。金
末，以進士貢。北渡後，與成己避地龍門山，二十年而卒。
人稱遯菴先生。孫輔，吏部侍郎，刻《二妙集》於家塾。
吳澄序：「河東二段先生，心廣而識超，氣盛而才雄，陶、
杜兼而有之者也。」〔註4〕

克己年十九，是年五月金宣宗遷都汴京。興定二年（1218），克己年
二十三，弟成己二十歲，禮部尚書趙秉文見二段之詞章風采，盛讚，
遂名之爲「二妙」，並大書「雙飛」二字以題鄉里。〔註5〕〈河東段氏
世德碑銘・序〉載其事：

克己、成己之幼也，禮部尚書趙公秉文識之，目之二妙。

〔註6〕

金哀宗正大七年（1230），克己年三十五，以進士貢，然而未能入仕，
即舉而不第。正大八年（1231），元兵圍汴城，哀宗出奔河北。隔年
克己與其弟成己往避龍門山。〔註7〕正大十年（1233）正月，哀宗於
蔡州傳位予元帥完顏承麟，蔡州破，哀宗遂自縊幽蘭軒，承麟亦被害，
金亡。蒙古汗國時期，拒不仕元。隱居龍門山期間，與弟共友人集結
詩社，時相唱和，守節不仕。元憲宗元年（1251），克己身歿，享年
五十六。〔註8〕

〔註4〕 〔清〕王軒等纂修、劉貫文總審校：《山西通志・錄八之二・文學錄
中》（北京：中華書局，1990 年），頁 10742。《全金詩》與《元詩選》
亦爲二段伯仲立小傳。

〔註5〕 孫德謙《元金稷山段氏二妙年譜》以爲趙秉文讚段氏兄弟爲二妙在
興定三年，然此年無科舉，故從王慶生之說。詳見王慶生：《金代文
學家年譜》（南京：鳳凰出版社，2005 年），頁 1287～1288。

〔註6〕 見《二妙集》吳澂序後〈河東段氏世德碑銘・序〉，（臺北：臺灣商
務印書館，1979 年），頁 2。

〔註7〕 考今山西絳州河津縣有龍門山，《金史・地理志》河津爲河中府屬縣，
觀克己詩有「午芹多奇峰」句，午芹以《山西通志》徵之，在河津
縣東北三十五裏有午芹村，則段氏兄弟避居處，可知爲河津之龍門
山。〔元〕脫勝、楊家駱主編《新校本金史》（臺北：鼎文書局，1976
年），頁 44。

〔註8〕 孫德謙以爲克己辛於元憲宗四年，詳見《元金稷山段氏二妙年譜》，

段成己，字誠之，號遯齋，別號菊軒，克己之仲弟，小克己三歲。
生於金章宗安四年（1199）九月十日，哀宗正大元（1224）年。正史
並無爲成己立傳，《山西通志》載其事：

> 段成己，字誠之，克己仲弟。登正大進士第。受宜陽主簿。
> 克己歿後，自龍門山徙晉寧北郭，閉門讀書。元世祖降璽
> 書即其家，起爲平陽儒學提舉，不赴。年過八十，優遊以
> 終。世稱菊軒先生。祭酒周文懿評其文在班、馬之間，河、
> 汾遺老之卓然一門，未有如段氏者。〔註9〕

成己年二十又六，及進士第，授「宜陽主簿」。〔註10〕正大八年（1231），
是歲冬季，宜揚爲元兵陷，成己歸鄉。天興三年（1234），成己隨兄
避居龍門。元憲宗五年（1255），克己歿後，成己年五十七，由龍門
山徙居晉寧〔註11〕北郭。元世祖中統元年（1260），成己年六十有二，
世宗降璽書及其家，欲起爲「平陽儒學提舉」，成己高貞守節，拒不
赴仕。卒於元世祖至元十六年（1279），享年八十一。

《古今詞話・詞評下卷・段克己段成己》對二段有一小段記載：

> 《柳塘詞話》曰：「河東段克己，字復之，著遯齋樂府。弟
> 成之，字誠之，著菊軒樂府。兩人登第，入元俱不仕，時
> 人目爲儒林標榜。」〔註12〕

頁72：王慶生以其子思溫之墓銘所載，反推克己卒年於元憲宗元年。
　　於理有據，故從之。詳見《金代文學家年譜》，頁1299，
〔註9〕　《山西通志・錄八之二・文學錄中》，頁10742。
〔註10〕據《金史・地理志》宜陽縣在南京路河南府。蘇天爵《名臣事略・
　　李仁卿傳》：「正大七年登進士第，調高陵簿。」以此觀之，金制中
　　進士者，即授主簿。同註7，頁96。
〔註11〕《元史・地理志》晉寧路金爲平陽府，元初爲平陽路，大德九年以
　　地震改晉寧路。據此平陽之改進寧。明宋濂等撰，楊家駱主編《新
　　校本元史》（臺北：鼎文書局，1976年），頁121～122。
〔註12〕見唐圭璋編：《詞話叢編》（臺北：新文豐出版社，1988年），冊1，
　　頁1018。「《古今詞話》：『二段，幼有才名，趙尚書秉文識童時，目
　　之二妙，大書雙飛二字名其裏。兄弟俱進士，入元後皆不仕，時人
　　目爲儒林標榜。』」此爲〔清〕張宗橚：《詞林紀事》（臺北：廣文書
　　局，1972年），頁934誤作。而〔清〕張宗橚、楊寶霖補正：《詞林
　　紀事、詞林紀事補正合編》（上海：上海古籍出版社，1998年），頁

二段兄弟一生忠貞愛國，拒不仕元，其高尚之人格，時人以儒林標榜視之，其高行作品亦足以流芳萬世。

二、世　系

　　段克己兄弟於正史皆未列佳傳，關乎家譜世系資料未豐，僅有十筆，其一為《二妙集》吳徵原序後附元虞集所書〈河東段氏世德碑銘・序〉〔註13〕一文，提及段氏世系；其二，《四庫全書總目提要・二妙集八卷》述及二段兄弟生平，至於世系則引虞氏碑銘序；〔註14〕其三為《九金人集》附〈稷山段氏世表〉〔註15〕；《金代文學家年譜》中除記載段氏兄弟年譜外，尚論及家譜世系；《金文最》中兩篇墓碑與《吳文正集》中一篇〈元贈奉議大夫驍騎尉河東縣子段君墓表〉、《山右石刻叢編》中〈大金故贈中奉大夫護軍武威郡侯段公碑〉一篇、同恕〈段思溫墓誌銘〉以及《吳文正文集・元贈奉義大夫驍騎河東縣子段君墓表》。茲據上述資料，以述河東段氏家譜。

　　段氏本出自姬姓，為鄭武公之後，世居武威。《新唐書》載：「段氏出自姬姓。鄭武公子共叔段，其孫以王父字為氏・漢有北地都尉印，世居武威。」〔註16〕，〈段季良墓表〉，亦曰：「姬性分封。鄭武公子。段氏之興。自茲一始。」〔註17〕虞集以段克己之孫段輔，向上溯源，

　　　　1255 指正其錯誤。

〔註13〕詳見段克己、段成己同著：《二妙集》（臺北：臺灣商務印書館，1979年。）四庫全書珍本，頁1～3。

〔註14〕詳見清永瑢等編撰：《四庫全書總目提要・二妙集八卷》（上海：商務印書館，1933年。）頁1472～1473。

〔註15〕〔清〕吳童熹《九金人集》（臺北，成文出版社，1967年），頁1195。見附錄二。

〔註16〕〔宋〕）歐陽修、祁撰、楊家駱主編：《新校本新唐書・宰相世系五下・段氏・段氏源流》（臺北：鼎文書局，1981年），卷75，頁3399。武威，漢初乃匈奴之地，漢武帝開邊，置武威郡。詳見王慶生：《金代文學家年譜》（南京：鳳凰出版社，2005年），下冊，頁1285。

〔註17〕〔清〕張金吾編纂：《金文最・段季良墓表》（北京：中華書局，1990年8月），下冊，頁1308。

可知者爲十一世。十一世乃段應規。應規爲宋朝司理參軍，段氏世居
武威，自應規始居絳州稷山。〔註18〕應規以下三世虞氏未語隻字，而
〈稷山段氏世表〉載應規四世孫有五，分別爲季先、季亨、季良、季
昌與季連。其中段季良，有〈段季良墓表〉載曰：

> 四世孫季良，字公善，乃故贈中奉大夫武威郡侯矩之父，
> 故華州防禦史鐸之祖。昆季五人：兄曰季先、季亨，弟曰
> 季昌、季連。〔註19〕

由上知季良生矩。段矩，字子法，不仕，追贈金武威郡侯。李愈爲段
矩撰寫碑文，曰：

> 矩字子法，稷山之巨室也，……以田圚自嬉，卜築於姑汾
> 之間，日課奴隸灌蔬、畦藥、培菊、植松。屏絶車馬之喧，
> 而受用林泉之樂。好古博物，所與從遊者，一無俗客。……
> 享年三十有七。卒於天會十一年六月十八日。〔註20〕

與段矩同輩尙有徹、整、矩、術、衍，然世表與〈段季良墓表〉僅表
示整爲季亨之子，整知太平縣，其餘四人不知何人所出。段整，《雍
正山西通志》中記載之：

> 段整，由賓貢升太學，其叔段季良恒給其費，令篤學，整
> 卒能成業，爲時聞人。後以文藝擢太平縣尹。〔註21〕

〈段季良墓表〉記載季良之五姪：

> 姪五。徹、整、矩、術、衍。量才授事。各有所主。或私
> 門幹蠱。或黌序治經。俾不失其性分。〔註22〕

〔註18〕段氏之興。其來遠矣。世居武威。在漢則北地都尉印。在魏則晉興
太守汾。至於有唐。尤爲顯煥。……
降及前宋。則我司理參軍出焉。參軍諱應規。鄉於絳之稷山。門族
蕃大。連甍接閈。相望屹然。詳參詳見《金文最·段季良墓表》，下
冊，頁1307。
〔註19〕詳見《金文最·段季良墓表》，下冊，頁1307。
〔註20〕《山右石刻叢編·大金故贈中奉大夫護軍武威郡侯段公碑》，轉載自
《金代文學家年譜》，下冊，頁1285～1286。
〔註21〕轉載自《金代文學家年譜》，下冊，頁1285。
〔註22〕詳見詳見《金文最·段季良墓表》，下冊，頁1307～1308。

矩生三子，長曰鈞，字平仲，以文行著聞；次曰鏞，字和仲，任螯屋縣商酒都監；又次名爲鐸，字文仲。段鐸於金海陵王正隆二年，及進士第，官至華州防御使，其父因其得封武威郡侯，鏞、鐸二人以文聞名，謂之「河東二段」。〔註23〕張萬公作〈武威郡侯段鐸墓表〉，載其生平，稱其事親至孝，篤學博學，腹有詩書，登正隆進士第五人第，派長安主簿，因丁憂未至。服除，歷任絳州絳縣簿、天德軍節度判官，復宰耀州美原縣，知棣州防禦史事，任中都都麯務，又授大名府治中兼本路兵馬副都總管，後授曹州刺史，因有治績，朝廷嘉勉，官升兩階，授中奉大夫加護君豐武威郡開國侯增邑三百戶實食封一百戶。泰和五年十一月二十一日，以微疾終，享年七十二。〔註24〕

　　鈞生二子汝礪與汝舟，鏞育二子，名曰汝翼、汝梅，鐸生五子，汝楫、汝霖、汝明、惟忠、惟孝，汝楫、汝霖、汝明皆早逝，餘二子承襲父爵，惟忠任守華州鄭縣赤水鎮酒務同監，惟孝守華州蒲縣荊姚鎮酒務同監。汝舟生恆，恆尚有同輩廈，不知何人所出。恆有三子，依次爲克己、成己、修己。克己生三子，先娶梁氏，生子曰思永，續娶樊氏，生子名思誠、思溫。思誠與思溫於《山西通志》有傳：

> 段思誠，字仲明，稷山人。克己子。詩文健雅。大德間，國史院承旨閻文公訪河東文獻，與西溪並薦於朝，受河東儒學教授，謝去。〔註25〕

> 段思溫，字叔恭，思誠弟。少孤，從仲父成己學，遂成名儒。貫通經史，尤邃《易》、《春秋》，詩文純正。皇子安西王辟爲記室參軍，不赴，廉靜寡欲，授業鄉里，多所造就。積書萬卷，以遺子孫。卒之日，遠近赴弔，市爲之罷。〔註26〕

〔註23〕段鈞，字平仲，稷山人。矩子。旖文行著聞。其弟鐸，師事之，同遊場屋有聲，都人稱爲河東二段，其名居曰雙桂里，早卒。《山西通志・錄八之二・文學錄中》，頁 10742。

〔註24〕詳見詳見《金文最・武威郡侯段鐸墓表》，下冊，頁 1309～1310。

〔註25〕《山西通志・錄八之二・文學錄中》，頁 10752。

〔註26〕同上註

元代同恕〈段思溫先生墓誌銘〉亦有所記載：

> 遁庵生三子，長思永，為時耆儒以終。次思誠，偉譽籍籍，
> 河中如學教授。先生為季也。母梁，季樊。先生及教授兄
> 出自樊。〔註27〕

《吳文正文集・元贈奉義大夫驍騎河東縣子段君墓表》載曰：

> 君諱思溫，字叔恭，其先居絳之稷山，自宋司理參軍應規
> 始，贈金贈中奉大夫武威郡侯，矩升均，君之高祖也。季
> 弟某正隆二年進士，仕至中奉大夫華州防禦史。兄弟俱以
> 學行顯，人稱為何東二段。〔註28〕

思永，字伯修，攬思溫任河中府儒學教授，皇子安西王招為記室參軍，
不赴，因數輔貴，贈中順大夫禮部侍郎，上騎都尉不仕。思誠，字
仲明，號芹溪，元欲起為授河東儒學教授，不赴。思溫，字叔恭，
號聞過，生於元太宗十二年（1240），據〈元贈奉義大夫驍騎河東縣
子段君墓表〉載，思溫十一歲而孤，從仲父成己學，遂成名儒以授
徒為業元安西王欲聘思溫入幕，思溫以疾辭謝，因其子輔顯宦，贈
奉義大夫驍騎尉，追封河東縣子配魯氏，追封河東縣君。〔註29〕思
溫有二子一女，長曰輔，字德輔，以文行選應奉翰林，三為御史；
次子某，任河東宣慰司椽與沙州儒學；一女適河津劉氏。與輔同輩
尚有似、英、彥、孚，為輔之兄，彝、經、循、順，輔之弟也。成
己有一子，名曰思義，任平陽路儒學教授，生四子，依序為英、甫、
彥、孚。思溫與思義之後人共九人，九人皆仕，有祿位，以輔最顯。
輔應奉翰林，三為御史，遍歷陝西、江南等地。

　　綜上所述，克己兄弟其先祖顯赫，出身官宦之家，其曾叔父鏞、
鐸二人以文馳名，二段自小浸濡於書香，無怪乎，其文采翩翩，趙公

〔註27〕《景印文淵閣四庫全書・榘庵集・段思溫先生墓誌銘》（臺北：臺灣
　　　　商務印書館，1983年），集部145，別集類，頁1206～709。
〔註28〕新文豐出版公司編輯部編著：《元人文集珍本叢刊・吳文正文集・元
　　　　贈奉義大夫驍騎河東縣子段君墓表》（臺北：新文豐出版社，1985
　　　　年），冊3，卷34，頁570。
〔註29〕同上註。

秉文目之以「二妙」。

三、著 作

　　元泰定年間（1324～1327）其孫段輔搜輯克己與其弟詩詞，合刻一冊，命名曰《二妙集》。《二妙集》凡八卷，詩六卷，樂府二卷，收克己詩一一五首，卷七爲克己詞，詞稱《遯菴樂府》，今存作共六十七闋，佳作頗多。河汾隱者房祺編纂《河汾諸老詩集》卷六收克己詩九首，分別是〈乙巳清明遊青陽峽〉、〈題興公靜樂庵〉、〈冬夜自適〉、〈中秋〉二首、〈雲中暮雨在禹門〉、〈憶梅〉、〈與隱之會午芹精舍酒間雨作〉、〈楸花〉，〔註30〕其中〈雲中暮雨〉與〈楸花〉爲《二妙集》所失載；《二妙集》收成己詩一八七首，卷八爲成己詞作，其詞稱《菊軒樂府》，今存作共六十三闋，其中多步韻家兄，《河汾諸老詩集》卷七收成己詩十四首，分別是〈題容安堂〉、〈題梁氏靜樂堂〉、〈蘇氏承顏堂〉、〈秋暮山行圖〉、〈送孫仲文行臺之召〉、〈醒心亭〉、〈送尋正道〉、〈跋三堂王自寫眞〉、〈跋秦得眞墨〉、〈送馬資深西歸〉、〈嗅梅〉、〈題張郎中明皇決圖〉、〈如夢庵〉、〈虞坂曉行〉、〈首陽情雪〉、〈書師嵩鄉蒲中八詠圖〉。〔註31〕《金文雅》卷二收成己〈題梁氏靜樂堂〉與〈陳子正安容堂〉，〔註32〕此外，《彊村叢書》〔註33〕與《九金人集》收克己〈遯菴樂府〉、成己〈菊軒樂府〉，〔註34〕唐圭璋所編《全金元詞》〔註35〕亦收二段詞作。

　　《二妙集》版本除元泰定四年（1327）刊本以外，尚有明成化辛丑（1481）再刊版，清光緒丙午（1906）繆荃孫據明成化本補載二段散佚詩文。今有吳昌綬雙照樓影元刊本與吳重熹據石蓮庵彙刻《九金

〔註30〕詳見羅振玉編輯：《元人選元詩・何汾諸老詩集》（臺北：大通書局，1973 年），卷 6，頁 75～81。

〔註31〕同上註，卷 7，頁 83～93。

〔註32〕見《金文雅》，卷 2，頁 16～17。

〔註33〕朱祖謀校輯《彊村叢書》（臺北：廣文書局，1970 年）卷九。

〔註34〕〔清〕吳重熹《九金人集》（臺北：成文出版社，1967 年），冊三。

〔註35〕唐圭璋編：《全金元詞》（臺北：洪氏出版社，1980 年），上冊。

人集》。

　　而元好問所編《中州樂府》，〈二妙詞〉爲其遺珠，蓋遺山當時搜羅彙編金詞總集，當時二段尚在世，且遺山正逢離散，僅能就其記憶所得，故未及二段。《四庫全書總目提要》亦云：

> 從元好問遊者，克己兄弟與焉，而好問編中州集．金源一代，作者畢備，乃獨無二人之詩，蓋好問編中州集時，爲金哀宗天興二年癸巳。方遭逢離亂，留滯聊城。自序稱據商衡百家詩略。及所記憶者錄之。必偶未得二人之作。是以不載。〔註36〕

《四庫全書總目提要》所言，乃《中州集》未收二段詩之原因，而《中州樂府》未收〈二妙詞〉，大抵爲同一緣故。另外，段氏兄弟之詩作可見於《全金詩》，〔註37〕《元詩選》亦收二妙詩。〔註38〕

　　至於二妙文章，據《二妙集》段輔跋稱均已散佚，其實未然。清張金吾編纂《金文最》尚存成己三篇碑文，分別是〈河中府重修廟學碑〉、〈猗氏縣創建儒學碑〉、〈霍州遷新學碑〉，〔註39〕與〈中議大夫中京副留陳規墓表〉〔註40〕一篇。今人編輯《遼金元文彙》收成己二篇碑文，〔註41〕《全元文》搜羅最廣，共收克己〈通仙觀記〉一篇、成己文章十篇，除上述碑文、墓表之外，另收〈葛仙翁肘後備急方序〉、〈元遺山詩集引〉、〈河津縣儒學記〉、〈創修棲雲觀記〉、〈絳陽軍節度使靳公神道碑〉、〈故河津鎮西帥史公墓碣銘〉、〈重修岱宗祠碑〉。

〔註36〕〔清〕永瑢等編撰：《四庫全書總目提要》（上海：商務印書館，1933年），頁1472～1473。

〔註37〕詳見薛瑞兆、郭明志編纂：《全金詩》（天津：南開大學出版社，1995），冊四，卷138～144，頁388～422。

〔註38〕詳見〔清〕顧嗣立編：《元詩選》（北京：中華書局。1987年7月），集2上，頁1～26。

〔註39〕詳見〔清〕張金吾編纂：《金文最》（北京：中華書局，1990年），下冊，卷84，頁1225～1229。

〔註40〕同上註，下冊，卷109，頁1566。

〔註41〕此兩篇爲〈河中府重修廟學碑〉與〈猗氏縣創建儒學碑〉，詳見江應龍編纂：《遼金元文彙》（臺北：國立編譯館，1998年），頁302～305。

以上大致說明二段昆仲文學創作著作以及作品版本流傳情形，或有別集傳世，或其作品收入詩詞文總集，計有別集《二妙集》一冊，詩歌收入《河汾諸老詩集》、《全金詩》與《元詩選》，樂府則收入《彊村叢書》、《九金人集》、《全金元詞》，文章則散見《金文最》、《遼金元文彙》、《全元文》。

第二節　金源時代環境

一、政治文化環境

女眞人崛起於白山黑水之間，〔註42〕宋徽宗政和五年（1115）完顏阿骨打率軍，滅遼國稱帝，建立金朝，都會寧府（今松江省阿城縣南），是爲金太宗。金開國以降，兵精力齊，聲勢愈大，國力益強。宋宣和末年，舉兵南下，勢如破竹，力克趙宋。明年，西元 1126 年，史稱「靖康之難」，金人擄徽、欽二宗，汴京終陷，迫使趙宋南遷，北宋宣告覆亡。驍勇女眞民族占據江淮以北地區，至與宋媾和，南北分治，同時異地而處。金都於上京，雄峙於中國北半部，長達百餘載。

金源王朝〔註43〕既立，推行諸多社會改革，爲鞏固中央集權，於中央立最高統治機構，亦即勃極烈〔註44〕制。於地方，改軍事組織猛安謀克爲地方行政組織。金源於文教方面亦有所革新：女眞無文

〔註42〕女眞族爲東北遊牧民族，據地於長白山，黑龍江與混同江一帶，其秉性質樸剛健，又驍勇善戰，其中尤以完顏部爲強。

〔註43〕金源意爲金水發源地。金水指今黑龍江省境內松花江支流阿什河，《金史》稱「按出虎水」。出虎爲女眞語，意爲金。以其地出產金礦，故而以金名水。女眞族發祥於此，金建國號爲金。定都阿什河上游，乃上京會寧府。後世因以金源稱金朝。詳見薛瑞兆、郭明志編纂：《全金詩・序》（天津：南開大學出版社，1995 年），頁 1。

〔註44〕職官名。金初官長女眞語皆稱爲勃極烈，清代改譯爲貝勒。〔元〕脫脫、楊家駱主編：《新校本金史・卷五十五・百官志一・序言》（臺北：鼎文書局，1976 年），頁 1215：「金自景祖始建官屬，統諸部以專征伐，嶷然自爲一國。其官長，皆稱曰勃極烈，故太祖以都勃極烈嗣位，太宗以諳版勃極烈居守。」

字，命希尹仿漢字楷書，因契丹字形，和女眞語，制字；詔令擇善屬
文者爲之；金人通漢語、契丹語，諸侯王子皆好學，趙翼《廿二史箚
記・金代文物遠勝遼元》條下曰：

> 金初未有文字，而開國以後，典章誥命皆彬彬可觀。《文藝
> 傳序》云：「金用武得國，無異於遼，而一代制作能自列於
> 唐、宋之間，有非遼所能及者，以文不以武也。」蓋自太
> 祖起事，即謂詔令宜選善屬文者爲之，令所在訪求博學雄
> 文之士，敦遣赴闕（本紀）。又以女直無字，令希尹倣漢人
> 楷字，因契丹字形，合本國語，制女直字頒行之。（一希傳）
> 是太祖已留心於文字。及破遼獲契丹，漢人通漢語，於是
> 諸王子皆學之。〔註45〕

　　天輔七年（1123）八月，太祖薨，其昆弟吳乞買嗣位，是爲太宗，
改元天會。太宗爲攬天下英才，開科舉取士。天會五年，太宗詔開貢
舉，雲：「河北、河東郡縣職員多闕，宜開貢舉取士，以安新民。其
南北進士，各以所業試之。」，〔註46〕《金史・選舉志》：「金設科皆
因遼、宋制，有詞賦、經義、策試、律科、經童之制。」〔註47〕太宗
開科舉，對金源政治及文教影響甚鉅，金源詩人多有及第，故《金詩
記事・凡例》即曰：「金代詩人，多出科舉」，〔註48〕段氏兄弟亦於金
末先後及進士第。

　　金源陷遼中京，破宋汴京，於烽火中，獲大批圖書經典與禮樂儀
仗，《金史・太祖紀》中便載：「戊申，詔曰：『若克中京，所得禮樂
儀仗圖書文籍，並先次津發赴闕。』」。〔註49〕清人編纂《四庫全書總
目提要》亦指出：「宋自南渡以後，論議多而事功少，道學盛而文章

〔註45〕〔清〕趙翼：《廿二史箚記・金代文物遠勝遼元》（臺北：樂天出版
　　　　社，1977年2月），卷28，頁388～389。
〔註46〕元脫脫等撰，楊家駱主編：《新校本金史・卷三・太宗本紀》（臺北：
　　　　鼎文書局，1976年），頁57。
〔註47〕《新校本金史・卷五十一・選舉志》，頁1130。
〔註48〕清陳衍：《金詩記事・凡例》（臺北：鼎文書局，1971年），頁1。
〔註49〕《新校本金史・卷二・太祖本紀第二・天輔五年》，頁57。

衰，中原文獻，實併入於金。」〔註50〕大量經籍圖書之於金文化發展作用，不可小覷。

太宗歿，熙宗繼立。熙宗朝始廢舊制，以漢制爲新。熙宗浸染儒術，〔註51〕受漢文化薰陶，亦尊孔，親祭聖廟，謂侍臣：

> 朕幼年遊佚，不知志學，歲月逾邁，深以爲悔。孔子雖無
> 位，其道可尊，使萬世景仰。大凡爲善，不可不勉。〔註52〕

熙宗喜儒學，好讀《尙書》、《論語》、《五代史》與《遼史》諸書。熙宗曰：「太平之世，當尙文物，自古致治，皆由是也。」〔註53〕熙宗之世，天下安定，天子好學，復以其讀史教益，建立「文治」。

皇統九年（1149）海陵王完顏亮弑熙宗篡位，由於精通漢文化，其曾曰：「今天下無事，朕方以文治，卿爲是優矣。」〔註54〕是以如熙宗同重「文治」。

金初帝王爲鞏固政權，長治久安，乃漸次創立金源文治思想，及其正統體制。金以「武」得天下，以「文」治宇內，使落後文化逐漸邁向文明。《金史‧文藝傳序》曾對金初數位君主於文教發展之貢獻，作如下之評論：

> 金初未有文字。世祖以來漸立條教。太祖既興，得遼舊人
> 用之，使介往復，其言已文。太宗繼統，乃行選舉之法，
> 及伐宋，取汴經籍圖，宋士多歸之。熙宗款謁先聖，北面
> 如弟子禮。……當時儒者雖無專門名家之學，然而朝廷典
> 策、鄰國書命，粲然有可觀者矣。金用武得國，無以異於

〔註50〕〔清〕永瑢等編撰：《四庫全書總目提要‧集部‧御定全金詩》（上海：商務印書館，1933 年）卷 74，頁 4218。

〔註51〕熙宗自爲童時聰悟，適諸父南征中原，得燕人韓昉及中國儒士教之，後能賦詩染翰，雅歌儒服，分茶焚香，弈□象戲，盡失女眞故態矣。視開國舊臣，則曰：「無知夷狄。」及舊臣視之，則曰：「宛然一漢戶少年子也。」〔宋〕宇文懋昭：《大金國志校證‧卷十二‧熙宗孝成皇帝四》（臺北：中華書局，1986 年），頁 179。

〔註52〕《新校本金史‧卷四‧熙宗本紀‧皇統元年》，頁 77。

〔註53〕同上註。

〔註54〕《新校本金史‧卷一二五‧蕭永祺列傳》，頁 2720～2721。

遼，而一代製作能自樹立唐、宋之間，有非遼世所及，以文而不以武也。〔註55〕

正隆六年（1161），海陵王伐宋，激化金內部矛盾與爭鬥。是年十月，女眞部族擁戴完顏雍發動政變，及位，改元爲「大定」，是爲世宗。世宗即位登龍，民之所向，海陵軍心不定。次月，海陵王兵敗，將領完顏元宜陣前倒戈，率眾起義，海陵王身中亂箭而亡。

金中葉明君世宗在位，金於政治社會，文化經濟方面更有長足進步。天下歸世宗，世宗功在寰宇，故《金史》贊曰：

> 世宗之立，雖由勸進，然天命人心之所歸，雖古聖賢之君，亦不能辭也。蓋自太祖以來，海內用兵，寧歲無幾。重以海陵無道，賦役繁興，盜賊滿野，兵甲並起，萬姓盼盼，國內騷然，老無留養之丁，幼無顧復之愛，顚危愁困，待盡朝夕。世宗久典外郡，明禍亂之故，知吏治之得失。即位五載，而南北講好，與民休息。於是躬節儉，崇孝弟，信賞罰，重農桑，愼守令之選，嚴廉察之責，任得敬分國之請，趙位寵郡縣之獻，孳孳爲治，夜以繼日，可謂得爲君之道矣。當此之時，臣守職，上下相安，家給人足，倉廩有餘，刑部歲斷死罪，或十七人，或二十人，號稱「小堯舜」〔註56〕

《金史》贊語概括世宗治世之道，肯定其輝煌政績。

世宗於文化政策亦有所建樹。雖習漢文化，仍保持女眞文化。世宗文化政策，在於求新固本。其固本措施，如命歌者歌女眞詞，並謂皇太子及諸王曰：

> 朕思先朝所行之事，未嘗暫忘，故時聽此詞，亦欲令汝輩知之。汝輩自幼惟習漢人風俗，不知女眞純實之風，至於文字語言，或不通曉，是忘本也。當體朕意，至於子孫，亦當遵朕教誡也。〔註57〕

〔註55〕《新校本金史・卷一二五・文藝上列傳・序言》，頁2713。
〔註56〕《新校本金史・卷八・世宗本紀下・贊曰》，頁203～204。
〔註57〕《新校本金史・卷七・世宗本紀中・大定十三年》頁159。

其後，又更定盜宗廟祭物法。其所求新者：世宗嘗謂宰臣曰：「朕所以令譯五經者，正欲女直人知仁義道德所在耳。」﹝註58﹞世宗命人以女眞文翻譯《易》、《書》、《論語》、《孟子》、《揚子》、《老子》、《文中子》、《劉子》與《新唐書》，此批譯經對金人習中國傳統文化，有深遠之助益與影響。對於世宗之文化政策，詹杭倫亦云：

> 他一方面主張女眞人學習漢族先進的文化，以知仁義道德之所在，……另一方面要求女眞人繼承本民族的文化，以保持女眞族淳宜的氣質。﹝註59﹞

金世宗在位三十餘年，政經文化皆有大幅進展，故趙翼亦贊曰：「金代九君，世宗最賢。」﹝註60﹞

世宗崩，完顏璟繼立，是爲章宗。章宗在位二十餘年，此爲金朝由盛轉衰之轉折期。章宗前期爲金源社會經濟發展之高峰期，人口數達到金以來戶口數之最眾，儲糧與稅收亦臻於開國以來之最豐，《金史》載曰：「夫以世宗、章宗之隆，府庫充實，天下富庶。」﹝註61﹞章宗於政治方面，基本上廢除契丹與女眞奴隸舊制，完成金源社會封建化。

章宗在位期間，集各制度與建設之大成。章宗祖祭前王與孔子，此乃繼承熙、世二宗尊孔之禮，復修治孔廟，擴建學社與廳堂；健全漢官制與法制。《金史》稱：「明昌之世，律義、□條並修，品式浸備・既而泰和律義成書，宜無遺憾。」﹝註62﹞章宗踵繼前主，發展漢官制度，刑制法典亦臻於完備。章宗開「詳校所」以審定禮樂。禮部尚書張暐等於明昌六年上《大金儀禮》，泰和三年，章宗「命吏部侍郎李炳、國子司業蒙括仁本、知登聞檢院喬宇等再詳定儀禮。」﹝註63﹞《金

﹝註58﹞《新校本金史・卷八・世宗本紀下・大定二十三年》，頁184～185。
﹝註59﹞詹杭倫：《金代文學史》（臺北市：貫雅文化出版社，1993年），頁62～63。
﹝註60﹞《廿二史箚記・大定中亂民獨多》，卷28，頁391。
﹝註61﹞《新校本金史・卷一百九・許古列傳》，頁13074。
﹝註62﹞《新校本金史・卷四十五・刑志・序言》，頁1013。
﹝註63﹞《新校本金史・卷十一・章宗本紀三・泰和三年》頁260。

史‧樂志》：「金初得宋，始有金石之樂，然而未盡其美也。及乎大定、明昌之際，日修月葺，粲然大備。」〔註64〕

　　金代科舉共有七種名目，至章宗時已然完備。《金史‧選舉志》載：

> 金設科皆因遼、宋制，有詞賦、經義、策試、律科、經童之制。海陵天德三年，罷策試科。世宗大定十一年，創設女真進士科，初但試策，後增試論，所謂策論進士也。明昌初，又設制舉宏詞科，以待非常之士。故金取士之目有七焉。〔註65〕

章宗之世，學校制度亦較前完備。《金史‧章宗本紀》：

> 學士院新進唐杜甫、韓愈、劉禹錫、杜牧、賈島、王建，宋瑀偁、歐陽修、王安石、蘇軾、張耒、秦觀等集二十六部。〔註66〕

由上可見，金源學校各類書籍皆備，包括經史子集。章宗繼世宗，政經文化經濟各方面均有所成，各項制度也皆較前臻於完備。是以，《金史‧文藝傳》有云：

> 世宗、章宗之世，儒風丕變，庠序日盛，士繇科第位至宰輔者接踵。當時儒者雖無專門名家之學，然而朝廷典策、鄰國書命，粲然有可觀者矣。〔註67〕

　　章宗之世雖完善各典章制度，然金由盛轉衰，亦於章宗明昌、承安年間始。蓋金襲宋繁文褥節之弊，沿遼操切行政之失，至章宗時積弊愈甚，《金史‧食貨志序》述之頗詳：

> 金起東海，其俗純實，可與返古。初入中夏，兵威所加，民多流亡，土多曠閒，遺黎惴惴，何求不獲。使於斯時，縱不能復井地溝洫之制，若用唐之永業、口分以制民產，倣其租庸調之法以足國計，何至百年之內所爲經畫紛紛

〔註64〕《新校本金史‧卷三十九‧樂志上‧序言》，頁881。
〔註65〕《新校本金史‧卷五十一‧選舉志一‧進士諸科》頁1130～1131。
〔註66〕《新校本金史‧卷九‧章宗本紀一‧明昌二年》，頁218。
〔註67〕《新校本金史‧卷一二五‧文藝上‧序言》，頁2713。

然，與其國相終始耶。其弊在於急一時之利，踵久壞之法。及其中葉，鄙遼儉朴，襲宋繁縟之文；懲宋寬柔，加遼操切之政。是棄二國之所長，而併用其所短也。繁縟勝必至於傷財，操切勝必至於害民，訖金之世，國用易匱，民心易離，豈不由是歟？〔註68〕

章宗後期財政陷入困境，首先，天災頻繁不斷，明昌二年山東與河北大旱，泰和六年山東又適逢旱災，八年河南蝗災。大定二十九年五月、明昌四年六月、次年八月，黃河三次決堤，釀水災。連年天災影響農業，造成積粟不豐與稅收短收。內有天災，外則烽火連綿。明昌六年，與金源北方與韃靼〔註69〕交戰，泰和六年又與南宋交兵。承安二年，章宗諭宰臣曰：

比以軍須，隨路賦調。不度緩急，促期徵斂，使民費及數倍，胥吏又乘之以侵暴。其令提刑司究察之。〔註70〕

由上可知，百姓連年天災，爲應軍需，賦稅日益沉重。加以土地政策不當，使土地荒廢，農產銳減。人口數增，生產量短縮，造成通貨膨脹，物價上漲，章宗時經濟衰敗，故《元史》道：「章宗時……，民力困竭，國用匱乏。」〔註71〕

章宗之世，政治荒淫無度，世風亦日漸澆薄。明昌元年，章宗問群臣，何以使民捨末務本而廣積蓄，戶部尚書鄧儼等曰：

今風俗侈靡，宜定制度，辨上下，使服用居室，各有差等。抑昏喪過度之禮，禁追逐無名之費。用度有節，蓄積自廣矣。〔註72〕

明昌四年宰臣又曰：「近言事者謂，方今孝弟廉恥道缺，乞正風俗。」

〔註68〕《新校本金史・卷四十六・食貨志一・序言》，頁1030。

〔註69〕唐末蒙古種族之一。是契丹的西北族，沙陀的別種，散居在中國西北、蒙古、中亞、獨立國協東部等地。元亡後，其宗族走漠北，於清時歸附。

〔註70〕《新校本金史・卷十・章宗本紀二・承安二年》，頁241。

〔註71〕明宋濂等撰、楊家駱主編：《新校本元史・耶律楚材列傳》（臺北：鼎文書局，1976年），卷146，頁3460。

〔註72〕《新校本金史・卷九・章宗本紀一・明昌元年》，頁215。

〔註73〕足見章宗時世風之不淳。此外，「文字獄」興起，文人多受其害。譬如：「承安元年正月，坐趙秉文上書事，削一官，杖六十，解職，語在秉文傳。」，〔註74〕又如：

> 會掌書大中與賈鉉漏言除授事，爲言者所劾，獄辭連昂。章宗震怒。一時聞人如史肅、李著、王宇、宗室從彜皆譴逐之，鉉尋亦罷政。昂降上京留守判官，道卒，竟如術者之言。〔註75〕

《大金國志》對章宗之贊語云：

> 章宗性好儒術，即位數年後，興建太學，儒風盛行。……惜其十年以後，極意聲色之娛，內外嗷嗷，機事俱廢。間出視朝，不過頃暫回宮。與鄭宸妃、李才人、穆昭儀竝馬遊後苑，因留宴，俟月上，奏鼓吹而歸，以是爲常。張天貴、江淵等用事，聾瞽昏荒，朝中陳奏便宜，多不經主省覽。愛王叛於內，邊釁開於外，盜賊公行，充斥道路，邊多事，兵連禍結矣。〔註76〕

章宗逝世，衛紹王立。衛紹王僅在位五年，其間「紹王政亂於內，兵敗於外，其滅亡已有徵矣。」〔註77〕章宗泰和六年，蒙古鐵木眞已稱帝號爲「成吉思汗」，視爲大金勁敵，自大安二年起，對金用兵。大安三年成吉思汗親征，金兵敗北，元兵亦元氣大傷。至寧元年，西京留守胡沙虎叛變，弒衛紹王。宣宗即位，改元貞祐。貞祐二年，蒙古軍崛起沙塞，威勢南逼。迫於情勢，宣宗遷都汴京，五月二十八日皇室離開上京南移，史稱「貞祐南渡」。《金史》有云：

> 宣宗當金源末運，雖乏撥亂反正之材，而有勵精圖治之志。其勤政憂民，中興之業蓋可期也，然而卒無成功者何哉？良由性本猜忌，崇信贅御，獎用吏胥，苛刻成風，舉措失

〔註73〕《新校本金史・卷十・章宗本紀二・明昌四年》，頁227。
〔註74〕《新校本金史・卷一二六・文藝傳下・王庭筠》頁2371。
〔註75〕《新校本金史・卷一二六・文藝傳下・劉昂》，頁2732～2733。
〔註76〕《大金國志校證・章宗皇帝下》，卷21，頁289。
〔註77〕《新校本金史・卷十三・紹王本紀・贊曰》，頁298。

當故也。〔註78〕

宣宗縱有中興之志，卻因生性多疑而未能成功。自此，金代由衰敗漸步向滅亡。元光二年（1223），宣宗逝，哀宗繼立，改元正大。哀宗徒有抗元圖強之志，但金國勢萎靡，終未能力挽頹勢。《金史》曰：「區區生聚，圖存於亡，力盡乃斃，可哀也矣。」〔註79〕天興元年，蒙古托雷率四萬精兵，於均州破二十萬金軍，潼關遂失守，金朝氣數已盡。天興二年正月（1233），哀宗往奔歸德，六月遷蔡州，天興三年，宋蒙聯軍攻蔡州，哀宗讓位與東面元帥完顏承麟，自縊身亡。同年，蔡州城破，承麟戰死，金終告滅亡。

二、文學發展

金代文學是以漢人為主之漢語文學，乃古代文學發展中不可或缺之一環，且與南宋文學共時，異地並行而互有影響。金朝據地乃屬北方，北方漢族與女真人（或與其他少數民族）秉性剛健淳厚，有雄健豪逸之氣，習染簡易質樸之俗，與南宋風俗本異，氣象固殊，因而發為文章歌詩，屬華實相副之類。周惠泉於《宋代文學史》金代部份明確指出：

> 伴隨著民族融合的進程，中原地區漢民族農業文化與北方遊獵民族的草原山林文化相互影響，形成金代文學新的特色、新的氣象。〔註80〕

金代文學骨力猶勁，風格清剛雄偉，呈現與南宋文學不同之風貌。

金代文學發展分期，近代學者分法不一，多數學者主張分為三期，〔註81〕分別為初期：自金建國以降至海陵王末年；中期：自金世

〔註78〕《新校本金史・卷十六・宣宗本紀下・贊曰》，頁370。

〔註79〕《新校本金史・卷十八・哀宗本紀下・贊曰》，頁403。

〔註80〕孫望、常國武主編：《宋代文學史》（北京：人民文學出版社，1996年），頁449。

〔註81〕多數學者如吳梅、鄭振鐸、遊國恩、周惠泉等人，諸位基本上參考元好問以及清人之論述，將其分為初、中、晚三個時期。詳參胡傳志：《金代文學研究》（合肥：安徽大學出版社，:2000年。），

宗至衛紹王末年，主要爲世宗與章宗二朝，又可稱「大定、明昌時期」；
後期：始自貞祐南渡至金覆亡。

　　詹杭倫依金代文學發展脈絡，將金代文學史劃分爲五期：金代文
學準備期：太祖建國至海陵正隆末；金中葉文學發展期：世宗時期，
約三十餘年；金中葉文學興盛與轉折期：章宗明昌初至泰和末年；金
文學復興時期：衛紹王至哀宗天興年間。金代總結時期：金亡至蒙古
至元八年。〔註82〕

　　筆者以爲金遺民之作亦屬金代文學，本論文探討人物段克己兄弟
亦爲金朝遺民，故從詹氏之說。金代文學分期爲五。

　　第一期，女眞族本無文字，故金開國之初無字，固無文學。金初
諸位君主致力於發展文教，文字自無至有，甚至逐漸成爲「文治」。
金代推行「異代借才」之政策，頗利金初文學之發展。遼宋來歸文士，
發身世蒼涼之感，黍離之悲，筆調哀婉淒絕，開啓金初文學之路。

　　此中，借遼之才者，有韓昉、虞仲文、張通古、左企弓、王樞以
及寧鑒等人，其中較聞名者爲韓昉。援宋之才者，有宇文虛中、吳激、
蔡松年、高士談、施宜生、朱弁等人。

　　女眞人於文學亦有不凡之表現，海陵王即是其中之一。海陵王
（1123～1161），名亮，字元功。其政治思想以「正統」爲宗旨，詩
詞創作亦以反映其正統思想爲主，顯現雄偉之氣概，然仍有婉麗清雋
之風韻。《大金國志》贊曰：「一詠一吟，冠絕當時。」〔註83〕

　　金初由遼、宋入金之文人甚夥，由遼入金者以韓昉爲首，由宋入
金表現兩種情懷，其一爲抒發去國懷舊，表現悲愴情思者，以宇文虛

　　　頁5。另外，張晶：《遼金詩史》（長春：東北師範大學出版社出版，
　　　1994年），張晶不依歷史分期，而是結合金詩發展軌跡，於三分法
　　　之基礎上，將金亡前後元好問及其他遺民詩人之創作，視爲昇華
　　　期。
〔註82〕詹杭倫：《金代文學史》（臺北市：貫雅文化出版社，1993年。）頁
　　　1～8。
〔註83〕〔宋〕宇文懋昭、崔文印校證（北京：中華書局，1986年）《大金國
　　　志校證・海陵王下》，卷15，頁212。

中（1079～1146）爲代表。盧中，字叔通，號龍溪，宋華陽（今四川成都）人；其二爲崇尙魏晉前賢，作品富高遠情致，以蔡松年（1107～1159）爲首。松年，字伯堅，晚號蕭閑老人。其家本居於杭，生於汴京。因其父故，遂爲眞定（今河北正定縣）人。以海陵王爲代表之雄健踔厲文風，標誌金朝文學特色，是以呈現女眞族豪爽心性與漢文化結合之成果，亦是南北文化交流之必然趨勢。

第二期，金世宗大定年間，有所謂「國朝文派」，〔註84〕又稱「中州文派」〔註85〕、「唐宋文派」。〔註86〕上述之文派，實發軔於世宗文化政策之下。中州文派興起於世宗大定年間，踵繼金初文學，亦有所發展。金初國滅懷鄉，故宮禾黍之悲，已隨時光而去。金初崇尙魏晉隱逸之風，至此生變，轉而追求內心自適。而金初雄健踔厲文風，持續發展，或爲曠達慷慨，或爲清剛豪邁，此派漸居文壇主導地位。

具清雄雄健創作傾向者，首推蔡珪。蔡珪，生卒年不可考，字正甫，眞定（今河北正定縣）人，爲蔡松年之子，其山水詩有雄奇峭拔之美，作品以「狂」爲特色，詹杭倫曰：

> 無論在行色匆匆的旅途中，還是在豪飲放歌的酒宴上，我們處處可以看到一個「狂」字。這是青春的狂態，是豪放的個性、進取的精神與時代合拍而鼓舞跳盪不能自己的體現。〔註87〕

蔡珪豪逸狂態與其父充滿懷國情思之作品，大相徑庭。

金中葉文風曠達悲慨者，當推馮子翼與邊元鼎。馮子翼，字士美，大定（今熱和平泉縣）人，正隆二年進士，天性剛毅，處事不諧，故

〔註84〕所謂「國朝文派」，其涵義與金初「異代借才」相對，代表金朝獨立培養之文學才士，而非宋儒、遼才。詳參：詹杭倫：《金代文學史》（臺北：貫雅文化出版社，1993年。），頁66。

〔註85〕所謂「中州文派」，其涵義與南宋相對，金人以爲南宋偏安一隅，而金人具廣大中原領土，亦有其獨特之文學風格。同上註，頁66。

〔註86〕所謂「唐宋學派」乃因金人認爲金代文學爲唐與北宋文學正統之宗。同上註，頁66。

〔註87〕詳見：詹杭倫：《金代文學史》（臺北市：貫雅文化出版社，1993年），頁72～75。

仕途多舛。其詩感慨深沉，內藏憤慨不平之氣，復以曠達之語出之。邊元鼎少幼聰慧，十歲能詩，天德三年登進士，仕途不達。〈八月十四日對酒〉詩爲邊元鼎曠達之代表作，曠達之中含悲愾。元好問稱其：「資稟踈俊，詩文有高意，時輩少及。」〔註88〕是知，大定年間文士創作呈現清剛豪雄、曠達悲慨之風。

金中葉由歸隱山林轉而求內心自適一派，皆因作者進仕受挫，倦遊官場，轉而求精神方面之恬靜。譬如劉汲〈不如意〉詩，描述宦途之險惡艱難。其感於仕途之不達，故思歸隱躬耕生活，期藉幽居生活，尋回閒適心境，其詩淡泊中有眞味。或於退休之後，感於生老無常，轉而追求心靈上之謐靜。又譬如王寂，字元老，薊州（今河北薊縣）人，天德三年進士，世宗朝以文章政事顯，終於中都路轉運使，晚年安貧樂道，甘於淡泊，晚年尋求自適，詩中閒適情趣橫溢。《四庫全書總目提要》稱道：

> 寂詩境清刻鑱露・有戛戛獨造之風・古文亦博大疏暢。在
> 大定明昌閒。卓然不愧爲作者・金朝一代文士。〔註89〕

世宗之時，形成以蔡珪爲首之「中州文派」，其崇尚氣格之理論，爲金初文壇注入新血，使之茁壯，雄偉踔厲文風轉而爲曠達悲慨、清剛激越。大定年間，亦有一派尋求自適，係由金初傾慕魏晉崇尚退隱一派，轉變而來。總之，中州文派、曠達慷慨或爲清澹激越，以及追求自適一派，皆爲大定年間展現文學思潮之全貌。

第三期，約在章宗之世，近二十年，前期政經發展極盛，文教制度臻於完備，後期經濟衰退，世風腐敗。章宗前後期政經、世風劇烈差異，影響士人，文風自清眞恬淡轉爲尖新浮艷。前期清眞恬淡、剛柔並濟之文風以党懷英爲首。

党懷英（1134～1211），字世傑，號竹谿，其先爲馮翊人，後隨父純睦遊宦山東，遂爲奉符（今山東泰安縣）人。少時與辛棄疾同門，

〔註88〕元好問編：《中州集》（臺北：鼎文書局，1973年）卷2，頁92。
〔註89〕《四庫全書總目提要・集部・拙軒集》，卷166，頁3461～3462。

及長，以文章聞世，性好山水，以詩詞自娛。作品不矯揉造作，緣事而發。《蕙風詞話》：「辛、黨二家，並有骨幹，辛凝勁，黨疏秀。」〔註90〕況周頤所謂「疏秀」，指疏宕而清秀，亦即表現方式爲剛柔並濟。其詩詞或兼有剛柔，或恬靜清眞，對金中葉文壇影響甚大。

章宗後期，文風轉向尖新浮艷，詩注重精工刻畫，章宗本人便留有幾首纖麗之作，劉祁論此期詩風云：

> 明昌、承安年間，作詩者尚尖新，故張耆仲揚由布衣有名召用。其詩大抵皆浮艷語，如「矮窗小戶寒不到，一爐香火四圍書。」又「西風了卻黃花事，不管安仁兩鬢秋。」人稱「張了卻」。劉少宣嘗題其詩集後云：「楓落吳江眞好句，不須多示鄭參軍。」蓋譏也。〔註91〕

張耆詩用字尖新，王庭筠詩風亦是幽峭尖新，《歸潛志》載趙秉文評王庭筠詩，曰：「端才固高，然太爲名所使，每出一聯一篇，必要使人稱之，故只是尖新。」。〔註92〕

世風敗壞，文風必然粗鄙，章宗後期文壇漸爲浮艷風氣籠罩。浮艷作品，言之無物，輕浮軟媚，無清新剛勁之氣，《中州集》卷七存有章宗之世掌宮教之文人詩作，作者有張建、毛麾、朱瀾等人，諸君詩作雖不乏清新流暢之佳作，但大抵觀之，仍有浮艷之失。

金代民間文學諸宮調十分盛行，《劉知遠》爲現存最古之刻本諸宮調，其年代約於金初戰亂時，但作者爲誰，考證相當困難。《西廂記》作者董解元據鍾嗣成《錄鬼簿》中，稱其爲「金章宗詩人」，並列爲「前輩已死名公，有樂府行於世者」之首。《董西廂》產生年代以章宗明昌、承安年間可能性最高。

《劉知遠》與《董西廂》語言風格不一，《劉知遠》語彙風格樸實，較少修飾；《董西廂》詞藻華美，刻畫極工。兩劇相對比較，可反映文風轉變情形。《金代文學史》寫道：

〔註90〕〔清〕況周頤：《蕙風詞話》（臺北：世界書局，1959年），卷3，頁15。
〔註91〕〔金〕劉祁：《歸潛志》（北京：中華書局，1983年）卷8，頁85。
〔註92〕同上註，頁119。

> 從《劉知遠》到《董西廂》，可以從一個側面反映出金代文風
> 由金初的質樸向章宗時的艷麗演變情形。《劉知遠》的語言風
> 格樸拙剛勁，與尖新豔麗的《董西廂》迥然不同。〔註93〕

　　章宗後期，文人大嘆社會由盛轉衰，感時傷物，出現爲數不少以
反映人間疾苦以及戰爭流離之作品，譬如劉迎，其詩〈淮安行〉、〈修
城行〉、〈河防行〉、〈車轆轆〉、〈沙漫漫〉、〈催車行〉、〈敗車行〉等，
刻意仿唐張籍與王建之樂府，內容關切百姓，反映現實社會。又如周
昂，創作題材多涉邊塞戰爭，其詩展現邊塞壯麗景觀，又感於金朝失
利之戰況，發愁苦之音。另一派文士較消極，自覺無力扭轉局勢，無
法與社會惡習抗爭，作品趨向莊子之齊物達觀。〔註94〕譬如趙渢〈題
齊物堂〉，詩云；「至人識破浮生理，萬物何嘗有不同。」詩中「浮生
理」即天地萬物化歸於齊，歸於虛空之理。金中葉反映現實與達觀精
神兩派，遂成爲金末與金亡創作之先河。

　　第四期，經歷衛紹王、宣宗、哀宗諸王更迭，歷時三十載，自衰
敗走向覆亡。金末動盪，亂象四起，但文壇創作卻十分活躍。章宗以
降，尖新、浮艷文風招致有識之士不滿，群起倡導革新。趙秉文、王
若虛、李純甫等人起而革新章宗之世文風，形成戰亂紀實、任氣尚奇
與平易自然三種創作派別。

　　金末戰亂頻仍，兵禍不斷，朝廷軍需日增，財政赤字轉嫁黎民百
姓，苛稅愈重，詩人經歷顛沛流離生活，目睹戰禍殘酷現實，於是以
詩筆記錄戰禍現實之情況。戰亂紀實派詩人有完顏璹、麻九疇、王渥、
李汾、史肅、蕭貢、龐鑄、高庭玉、馮延登、李獻甫等人。譬如麻九
疇，擅長以嘻笑怒罵之筆調，揭露專權現象，有不少反映現實之作，
《歸潛志》稱麻氏云：

〔註93〕詳見《金代文學史》，頁175。
〔註94〕他們（指黨懷英、王庭筠、劉昂、趙渢等人）經歷了章宗前期的興盛，
　　　　亦感受到後期的衰敗，個人的遭遇命運往往大起大落，當其對人生反
　　　　思，莊子齊物觀之思想，悄悄地佔據其心靈，愈到晚年，詩人愈向莊
　　　　周皈依。他們幾乎人人都有闡發此思想之詩作。同上註，頁186。

麻徵君知幾（麻九疇之字）在南州，鑑時事擾擾，其催科督賦如毛，百姓不安，嘗題〈雨中行人扇圖〉詩云：「幸自山東無稅賦，何須雨裡太倉皇？尋思此箇人間世，畫出人來也著忙。」雖一時戲語，也有味。知幾若見今日事，又作何語邪？又〈戲題太公釣魚圖〉云：「向使文王不獵賢，一竿潦倒渭河邊。當時若早隨時世，直吃羊羔八十年。」又有〈道人〉云：「太公壽命八十餘，文王一見便同車。而今若有磻溪客，也被官中要納魚。」雖俚語，可以想見時事也。〔註95〕

《中州集》麻知幾選存之詩，亦多切中時弊之作。

寫實社會詩乃受社會現實激發而有之，趙秉文「文以意為主」論與李純甫「言為心聲」論，即屬之。「貞祐南渡」之後，楊雲翼主張「學以儒為主，不純乎儒學非學也。文以理為主，不根於理非文也」，提出「文以理為主」之論，楊雲翼反對「誇辭」、「諛辭」，有助於去除浮艷文風。另有作家，如郭邦彥承李純甫「言為心聲」之論，主張感物而發，以表真情。其〈讀毛詩〉認為《詩經》乃因物有感，抒發性情之作。郭氏反對讚揚阿諛，此亦有益於消解浮艷之風。

南渡後，另有任氣尚奇一派。此派詩人學承各異，承新奇者，繼蘇軾、黃庭堅；尚雄奇者，仿李白、韓愈；獨鐘怪奇者，師法李賀、盧全，然而「任氣尚奇」為作品共同特色。

王若虛（1174～1243），字從之，號慵夫，河北槁城人。以文學、經學與史學批評聞名，為金末文壇盟主。王若虛以「平易典實」為創作散文之法則，其《滹南集》曰：

凡文章須是典實過於浮華，平易多於奇險，始為知本末。世之作者，往往致力於末，而終生不返，其顛倒亦甚矣。〔註96〕

王若虛認為作文欲臻於「辭精」、「意明」、「勢傾」，便須探究孔孟之

〔註95〕《歸潛志》，卷9，頁96。
〔註96〕王若虛：《滹南遺老集》（臺北：新文豐出版社，1983年），卷37，頁236。

道，擷取歐陽修與蘇軾之菁華，融合道學義理與古文辭氣，必須革故而後出新，需有作家獨特風格，亦應避怪語猥辭，並要辭達意暢，方爲文章典範。王若虛於創作詩歌師法白居易，曾讚許樂天之爲人：

> 蓋樂天之爲人，沖和靜退，達理而任命，不爲榮喜，不爲窮憂，所謂無入而自得者。〔註97〕

又盛讚其詩：

> 樂天之詩，情致曲盡，入人肝脾，隨物賦形，所有充滿，殆與元氣相侔。至長韻大篇，動數百千言，而順適愜當，句句如一，無爭張牽強之態。此搤斷吟鬚悲鳴口吻者之所能至哉！而世或以淺易輕之，蓋不足與言矣。〔註98〕

由上可知，王若虛欣賞樂天爲人，亦稱譽其詩，不認爲白詩有淺易之缺。然總觀王若虛詩歌創作，既習樂天之言眞意切，辭暢通俗，亦襲其少蘊藉之弊。

　　王若虛詩宗白樂天，以爲作詩需平易暢達，直寫胸臆。當是時，另有一派，師法陶淵明、韋應物與王維。此派以趙秉文爲先聲，楊雲翼與完顏璹爲代表，作詩求自然與含蓄深渺之韻致。金室南渡後，詩人浸將「以唐人爲指歸」視爲詩學宗指，總觀此期文學理論與創作成果可謂頗豐碩。

　　第五期，此期文壇上活躍者大都是由金朝流落異代之文士，時間自金天興三年（1234）王國至蒙古至元八年，改國號爲元，爲期三十餘年。此期最重要人物當屬元好問。

　　元氏出自鮮卑族拓跋氏，北魏孝文帝遷都洛陽，拓跋氏改爲元氏，漢化程度相當高。元好問（1190～1257），字裕之，號遺山，秀容（今山西省忻縣）人。少時聰穎，七歲能詩，或稱之爲「神童」。十四歲受業於郝天挺，郝師引導元好問鑽研經籍，留心百家，習時文，學作詩。並教元氏：「讀書不爲藝文，選官不爲利養。」元遺山謹記於心。二十歲，元好問完成學業，二十二歲以後，元好問飽經家國之

〔註97〕同上註，《滹南遺老集》，卷43，頁283。
〔註98〕同上註，頁246。

患，其兄好古遇害，好問避往臨縣，終得全身。貞祐二年，金室南渡，貞祐四年，好問二十七歲倉卒渡河，寓居福昌三鄉（今河南省宜陽縣）。二十八歲作〈論詩絕句三十首〉，是年，以詩文謁見趙秉文，趙頗讚賞之。《金史》載其事：

> 下太行，渡大河，爲〈箕山〉、〈琴臺〉等詩，禮部趙秉文
> 見之以爲近代無此作也。於是名震京師。〔註99〕

元遺山此期之作，〈梁園春〉五首、〈箕山〉、〈並州少年行〉、〈八月並州鴈〉、〈避兵陽曲北山之羊谷題石龕〉等詩，已有濃烈寫實傾向，寫家鄉淪陷之痛，流露雄偉豪逸之氣。宣宗興定二年，元遺山自福昌三鄉徙家至登封。興定五年（1246），元好問年三十二，及進士第，因科場紛爭而不就選。哀宗正大元年（1224），元遺山中博學宏詞科，授儒林郎，權國史院編修官。翌年夏，解職還居登封。

登封地理佳，倚中嶽嵩山，文人雅士、達官顯宦時至此地遊賞。元好問居登封約八九年，於此交遊甚廣，常與雷淵、李汾等人遊山賞景，並開始山水詩創作。元好問山水詩非僅描摹景色，亦寓家國之思於寫景中。此外，其詩亦隱約透露全身避禍，幽居自適之思想。譬如〈隱亭〉詩云：「人生要適情，無榮復無辱。」又有〈寄趙宜之〉：「洛陽一昔秋風起，羨煞吳中張季鷹。」此詩典出《世說新語》，〔註100〕元好問舉張季鷹之典，表達歸隱自適情感。

哀宗正大三年至八年（1226～1231），元好問歷任鎮平、內鄉、南陽縣令。其任上，於公需催討賦稅，於私同情百姓處境，此時詩作流露無奈心情。正大八年（1231）元遺山受詔入汴京，任尚書省令史。天興元年蒙古軍兵臨汴京，元好問困居汴城，任左司都事。同年年底，哀宗出奔。天興二年（1233）正月，元帥崔立以汴京降。四月元好問

〔註99〕　《新校本金史·文藝下·元好問列傳》，頁2742。
〔註100〕　張季鷹辟齊王東曹，在洛見秋風起，因思吳中菰菜羹、魚膾，曰：
　　　　　人生貴得適意爾，何能羈宦數千里以要名爵！遂命駕便歸。俄而齊
　　　　　王敗，時人皆謂爲見機。見余嘉錫箋釋：《世說新語·識鑒》（臺北：
　　　　　華正書局，1984年），頁393。

攜友人之子白樸出京，與被俘官民齊北渡黃河，被羈管於山東聊城。天興三年（1234），金亡。蒙古太宗七年，元好問自聊城徙居冠氏（今山東冠縣），於冠氏居住四年。是時，元好問妻死，長女出嫁，次女入道，元好問可謂國破家亡。

元好問目睹蒙古軍屠殺暴行，以致生靈塗炭，感嘆金室軟弱無能，內心哀慟憤慨無比。此其代表作〈南冠行〉、〈癸巳日五月三〉、〈眼中〉、〈壬辰十二月車駕東授即事〉〈癸巳四月二十九出京〉等，悲痛金源覆亡，表達出哀悼亂亡之情。

蒙古太宗十年，元好問回鄉，年五十，自此不問世事，元憲宗七年（1257），元好問過世，享年六十有八。

元好問詩風兼有寫實、雄奇與平淡，並有剛健之特徵。其詩總結金代文學，下開元代創作風氣。元好問詞，風格縱橫奇絕，感情豪放，追步蘇軾與辛棄疾，又有風流蘊藉，豪放婉約兼而有之。在保存金源文化方面，編有《中州集》與《中州樂府》。

流落元代文士，出路有三：一為雖不願為宦，但願意提供諮詢，意在於保存中原文化，譬如元好問、李俊民等人；二是仕新朝，於元朝謀官職，如劉祁、王磐等人；三則選擇幽居，以求獨善其身，如薛繼先、段克己兄弟等人。

元好問於〈閑閑公墓銘〉對金代文學發展有所說明：

> 唐文三變，至五季，衰陋極矣。由五季而為遼、宋，由遼、宋而為國朝，文之廢興可考也。宋有古文，有詞賦，有明經。柳、穆、歐、蘇諸人，斬伐俗學，力百而功倍，起天聖，迄元祐，而後唐文振。然似是而非，空虛而無用者，又復見于宣政之季矣。遼則以科舉為儒學之極致，假貸剽竊，牽合補綴，視五季又下衰。唐文奄奄，如敗北之氣，沒世不復，亦無以議為也。國初，因遼、宋之舊，以詞賦、經義取士。豫此選者，選曹以為貴科，榮路所在，人爭走之。傳注則金陵之餘波，聲律則劉鄭之末光，固已占高爵而釣厚祿。至于經為通儒，文為名家，良未暇也。及翰林蔡公正甫，出于大學

> 大丞相之世業,接見宇文濟陽、吳深州之風流,唐宋文派,
> 乃得正傳,然後諸儒得而和之。〔註101〕

元遺山此文即對金代文學發展作一概述,金文學由異代借才爲起始,金天下爲元人所奪,其文學亦以流落異代作結,雖金源國運僅百年餘,然其文學發展亦蓬勃不息,金源詩詞文章、文學理論與諸宮調,成績輝煌照映古今。

三、詞壇概況

女眞克遼侵宋,建立金朝。金初無文字,而遼人、宋士來歸,詞壇活躍者皆屬「異代借才」者流。《金文雅・序》曰:

> 金初無文字也,自太祖得遼人韓昉而言始文。太宗入宋汴
> 州,取經籍圖書。宋宇文虛中、張斛、蔡松年、吳激、高
> 士談輩先後歸之,而文字煨興,然猶借才異代也。〔註102〕

宇文虛中盟文壇,其詞集今不傳,《碧雞漫誌》錄〈迎春樂〉(寶幡彩勝堆金縷)一闋,此詞可見其羈旅之情,身在異國,心心念念猶故國矣。張子良謂稱宇文虛中:「其開導風氣、呵護金源詞苑之功,則不可沒也。」〔註103〕

金元第一詞人吳激,字彥高,號東山,建州(今福建建甌縣)人。工詩能文,尤長樂府。吳激爲宋宰相吳栻之子,其奉命使金,金留彥高,命之爲翰林待制。因吳激身不由己之背景,故其詞多感懷「身世家國」,故國之思感人至深,如〈人月圓〉(宴北人張侍御家有感。南朝千古傷心事),作品多懷舊感昔,另外〈春從天上來〉(海角飄零)一闋亦有類似情懷,〔註104〕元好問亦肯定其於文學上之成就,贊曰:

〔註101〕 〔金〕元好問著、姚奠中主編《元好問全集・閑閑公墓銘》(太原:
　　　　 山西人民出版社,1990年),頁477。
〔註102〕 〔清〕莊仲方:《金文雅・序》(臺北:成文出版社,1967年),
　　　　 頁3。
〔註103〕 詳見張子良:《金元詞述評》(臺北:華正書局,1979年),頁22~
　　　　 23。此書言簡意賅,最能概括金詞發展,故以下論述多本此書。
〔註104〕 關於吳激生平與詞作詳見柯正容:《金詞「吳蔡體」研究》,王師偉
　　　　 勇指導,臺南:國立成功大學碩士論文,2006年,頁75~80。

「自當爲國朝第一手」。〔註 105〕

　　開拓金詞者，尚有與吳激齊名之蔡松年。蔡松年字伯堅，本居於杭，生於汴京，宋室南渡，蔡松年隨父留金，失節仕金。蔡松年有《明秀集》，詞中抒幽憤難言之志，與美善希冀落空之悵然，〔註 106〕張子良謂：「得東坡之豪俊，具淮海之婉麗。」〔註 107〕

　　金初詞人尚有張中孚、劉著、鄧千江、馮子翼、任詢等人。張中孚，字信甫，號曰長谷老人，安定（今陝西安定縣）人。約與宇文虛中同時，《中州樂府》錄其〈驀山溪〉（山有百二）詞一闋，詞風清勁慷慨。劉著，字鵬南，晚號玉照老人，舒州皖城（今安徽潛山縣）人，宋之降臣，《中州樂府》錄其〈鷓鴣天〉（雪照山城玉指寒）詞一闋，其詞有天涯故國之思。鄧千江，金初人，居臨洮（今甘肅臨洮縣），生卒事跡不可考，今存〈望海潮〉（上蘭州守。雷雲天塹。）此詞寫塞外風光，意境壯闊蒼涼。《詞品》謂之金詞第一。

　　金世宗繼立，政和文治，文物備矣。金源人才輩出，詞壇彪蔚。如蔡珪、王庭筠、党懷英、趙秉文、王特起、辛願等人；女眞人能作佳詞者，有完顏璹、海陵王、金世宗、金章宗等。

　　蔡珪爲蔡松年之子，《中州樂府》錄其〈江城子〉（鵲聲迎客到庭除）一闋，其詞自然不尚雕飾，自有韻味。張子良謂其樂府：

> 其存詞一闋，雖未臻上品，而淡語有味，淺語有致。方之
> 小山、伯堅，沉鬱蘊藉處，自爲弗如；若爽逸之氣，似爲
> 獨具也。〔註 108〕

　　金世宗、章宗之世，享喻一時之詞人當屬党懷英，《中州樂府》錄其詞五闋，詠茶詞〈青玉案〉（紅紗綠蒻春風餅）風行一時，描述茶之神味，極爲傳神。況周頤曰：

〔註 105〕　〔金〕元好問編：《中州集》（臺北：鼎文書局，1973 年 9 月）卷 1，頁 13。

〔註 106〕　關於吳激生平與詞作詳見柯正容：《金詞「吳蔡體」研究》，頁 90～108。

〔註 107〕　《金元詞述評》，頁 30。

〔註 108〕　同上註，頁 42。

> 黨承旨〈青玉案〉：痛飲休辭今夕永，與君洗盡，滿襟煩暑，
> 別作高寒境。以鬆秀之筆，達清勁之氣，倚聲家精造詣也，
> 鬆字最不容易做到。〔註109〕

又作七夕鵲橋會之〈感皇恩〉（一葉下梧桐），此詞真可秦觀〈鵲橋仙〉
（纖雲弄巧）相比，淮海詞清新優美，韻味婉曲，党懷英詞俊逸秀朗，
秦、党之詞各有所長，不分軒輊。

金昌詞人劉仲尹、劉迎。劉仲尹，字致君，號龍山，本蓋州（今
遼寧蓋平）人，生卒年具不可考，當為金熙宗至章宗明昌年間人，家
世富有，而能折節讀書，工詩詞，作品風流而含蓄有致，不乏可觀作
品。《中州樂府》錄其詞十一闋，均為短制，聲情俱佳，無草率之作。
劉迎，字無黨，自號無諍居士，東萊（今山東掖縣）人，金世宗時進
士，劉迎著詩文樂府，《中州樂府》僅錄其詞二闋〈烏夜啼〉。其詞纖
巧濃麗，卻無一豔字。《詞苑叢談》曰：

> 劉迎〈烏夜啼〉：元遺山集金人詞《中州樂府》，頗多深裘
> 大馬之風，惟劉迎詞最佳，詞云：「離恨遠縈楊柳，夢魂長
> 繞梨花。青衫記得章臺月，歸路玉鞭斜。翠鏡啼痕印袖，
> 紅牆醉墨籠紗。相逢不盡平生事，春思入琵琶。」予觀謝
> 無逸〈南柯子〉後半云：「金鴨香凝袖，銅荷燭映紗。鳳蟠
> 宮錦小屏遮。夜靜寒生、春筍理琵琶」，風調琴鬙，才人之
> 見，殆無分於南北也。〔註110〕

金中期詞人著名者尚有趙可。趙可，輕俊有文采，其文健捷，尤
工樂府，《中州樂府》錄其詞十闋，其中不乏憑高弔尋幽，有弔古及
詠物之作，情采翩翩，真摯秀麗。李晏，與趙可同時，《中州樂府》
錄其詞四闋，多瀟灑清朗之作。

王庭筠（1151～1202），字子端，蓋州熊嶽（今遼寧蓋平縣）人，
成名甚早。王庭筠工書畫，《中州樂府》錄其詞十二闋，多為秀致俊
逸之作。況周頤謂王庭筠：「金源人詞，伉爽清疏，自成格調；惟王

〔註109〕　〔清〕況周頤：《蕙風詞話》（臺北：世界書局，1959年）卷3，頁15。
〔註110〕　〔清〕徐釚撰：《詞苑叢談》（臺北：木鐸出版社，1983年），頁71。

黃華小令，間涉幽峭之筆，絲邈之音。」〔註111〕

　　王特起，字正之，代州崞縣（今山西崞縣）人，約生當世宗大定初年（1161）至宣宗貞佑年間（1216），為貞佑南渡前後之詞家，少工詞賦，詩作頗高。《中州樂府》僅錄其詞一闋〈梅花引〉，《詞綜》收其長調〈喜遷鶯〉三闋。其長調柔婉細緻，落筆空靈。

　　隱者景覃詩詞為世所聞。《中州樂府》錄其詞三闋，其詞意境高遠，含情豐富細膩。金源詞人另一隱者為辛愿，字敬之，居福昌（今河南宜陽縣）南女幾山下，女幾野人。其詞僅存一闋〈臨江仙〉，張子良謂云：「其詞儼然是長者口吻，疏散中饒情致，自是率真人語，非一般酬答者得以倫比。」〔註112〕

　　女真族能詞者，首推完顏璹（1172〜1232）。完顏璹本名壽孫，世宗賜改，字仲寶（又作仲實），一字子瑜，號樗軒居士，乃世宗之孫，越王長子，《中州樂府》存其詞七闋，其詞言淺意深，感慨深沉，南北之風皆有。女真詞人可述者，另有海陵王亮、世宗雍、章宗璟、完顏從鬱，以及遼人耶律履亦皆能詞。

　　總結明昌詞局者為趙秉文（1159〜1232）。秉文，字周臣，號閒閒居士，磁州滏陽（今河北磁縣）人。趙秉文歷仕五朝，官至六卿。《中州樂府》存其詞六闋，詞風似東坡雄豪，弘肆跌宕。《詞苑叢談》云：

　　　　趙閒閒和坡詞：趙閒閒，名秉文，金正大間人。善書法，
　　　　有詞藻。嘗見擘窠書自作和東坡赤壁詞，雄壯震動，有渴
　　　　驥怒猊之勢。元好問為之題跋。詞亦壯偉不羈，視大江東
　　　　去，信在伯仲之間，可謂詞翰兩絕。〔註113〕

　　金源文囿，明昌前後盛極，短制長篇，不讓江南，譬如王寂、元德明、劉昂、許古、趙元、王賢佐等人，頗多佳作。

　　晚金詞苑，國家走向衰亡之途，詞壇卻愈盛，頗多沉鬱滄桑之作，譬如李憲能、李俊民、段克己、段成己諸家之作，較之前期作品，毫

〔註111〕　《蕙風詞話》，卷3，頁6。
〔註112〕　《金元詞述評》，頁69。
〔註113〕　《詞苑叢談》，頁74。

無愧色，而元好問承前啓後，其功益輝煌。

李獻能（1192～1232），字欽叔，河中（今山西永濟縣）人，爲南渡初期詞壇雄者，《中州樂府》存其詞三闋，風格似秦觀。李俊民，字用章，號鶴鳴老人，當生於金世宗大定十六年（1176），卒於元世祖中統元年（1260），世祖賜諡曰莊靖先生，好賦梅詞與壽詞，今有《莊靖先生樂府》一卷傳世，存詞九十七闋，多爲伉爽清疏之作。李俊民愛梅賦之，詞有寄梅、探梅、慰梅、畫梅、戴梅、別梅，望梅，等，共十二章。李俊民爲金源遺老，其藉物詠懷，以物比人，心念邦宗，寄情深邃。

二段即指段克己、段成己兄弟。二段爲金源遺民，拒不仕元，幽居躬耕，優遊以終。克己詞淡泊，情意至深，黍離之悲，今昔之痛，皆入詞。成己之作亦不讓其兄，其詞寓身世之感，俯仰今昔，感慨既深。張子良評二段云：

> 要之，段氏兄弟同有詞名，其風格若以金初詞人擬之，則克己之詞眞摯，似吳彥高；成己之詞疏俊，近蔡伯堅，皆爲性情之作，宜乎趙閒閒有「二妙」之目矣。〔註114〕

元好問爲金詞存詞最多者，今存作二百十九闋，遺山中年遇家國之變，沉淪心情往往可見於其詞。況周頤謂遺山：「遺山之詞，亦渾雅，亦博大，有骨幹，有氣象，以比坡公，得其厚矣。」〔註115〕元好問爲金源詞壇宗主，張子良《金元詞述評》亦云：

> 故知人論事，謂其集兩宋之大成，容或未逮，若以比東坡、稼軒鼎足而三，金元詞壇宗主者，則舍遺山而外，孰而當之？〔註116〕

元好問爲金源詞壇盟主，亦爲金遺民詞人群體之首，〔註117〕

〔註114〕 同註71，頁104。

〔註115〕 同註75，卷3，頁10～11。

〔註116〕 同註71，頁112。

〔註117〕 李藝將金代詞人群體劃分四，分別爲吳蔡詞人群體，國朝詞人群體，金遺民詞人群體，全眞道詞人群體，其中金遺民詞人群體包括元好問、段克己、段成己、李俊民等。李藝：〈談金代詞人的群體劃分〉，《語文學刊》，2004年，第四期。

此群體另有段克己兄弟與李俊民等，諸君雖遭國破家亡之痛，然創作之彩筆未曾稍歇，其以詞反映戰爭殘酷、亡國之痛，具有現實意義。詞作反應金元丕變之時局與文人特殊心態，足以作爲時代巨變之寫實代表，亦主導元初詞壇。雖然金遺民之作有許多於元代寫成，然其文學淵源以及創作蹊徑大抵形成於金源，故金遺民群體可謂過渡人物，其可屬元初詞壇主要創作者，不僅豐富元初詞壇，亦可稱爲元初詞壇之最高成就，亦對其後詞人或詞壇有深遠之影響，甚至可以說元初東平、眞定兩大重要詞人團體受金遺民詞作之影響方得以發展。〔註118〕

　　概論金詞之淵源，則不脫宋詞之影響。金本無文字，故金源文學發展之初蓋皆「異代借才」而來，金朝借才之來源大多爲宋，如元好問《中州集》便指出金初文人皆宋儒：「國初文士如宇文太學、蔡丞相、吳深州之等，不可不謂之豪傑之士，然皆宋儒。」，〔註119〕是故，金源文學繼承北宋之傳統。〔註120〕金亡北宋，承北宋之故物文書，而詞壇發展之始借宋之才，故金樂府深受北宋詞影響，其中尤以蘇軾影響最大，有「有宋南渡以後，程學行於南，蘇學行於北」〔註121〕之說，甚至有金士大夫無不受蘇學沾丐之說法，〔註122〕金詞更有尊蘇之說，金詞自「吳蔡體」便不脫北宋詞影響，尤以蘇

〔註118〕　詳見《金元詞論稿》，頁78～88。

〔註119〕　〔金〕元好問編：《中州集》（臺北：鼎文書局，1973年9月）卷1，頁33。

〔註120〕　任何創新都離不開傳統的繼承，建立金國的女眞族雖然起源于白水黑山之間，但金源文化包括詩詞創作卻是直接承繼了北宋的傳統。詳見趙維江：《金元詞論稿》（北京：中華社會科學出版社，2002年2月），頁78。

〔註121〕　當日程學行於南，蘇學行於北，如蔡松年、趙秉文之屬，蓋皆蘇軾之支流餘裔。遺山崛起党、趙之後，器識超拔，始不盡爲蘇氏餘波沾沾一得，是以開啓百年後文士之脈。詳見〔清〕翁方綱：《石洲詩話》（臺北：廣文書局，1971年），頁213。

〔註122〕　爾時蘇學盛於北，金人之尊蘇，不獨文也，所以士大夫無不沾丐。同上註，頁205：

軾爲最，〔註123〕發展至党懷英、完顏璹與趙秉文〔註124〕諸詞人手中，詞愈盛，規模亦較宏大，此時特色便是尊奉東坡詞，〔註125〕而陶然《金元詞通論》更直言金詞乃作爲北宋詞之繼承者與發揚者，其認爲金詞是北宋詞衍生而來。〔註126〕

蘇學盛行於北，成爲金詞最具影響力者，其原因大抵有三：由宋入金之文人大多與蘇學有淵源關係。金初蘇學盛於詞壇，乃有使金被迫留置文臣們，譬如蔡松年，其詩詞皆類東坡，這批文人開啓金源詞百餘年詞運，也奠定金詞學蘇之風氣。其後党懷英、趙秉文、蔡珪，而對蘇學最有研究者，影響最大，當推王若虛與元好問。王若虛，論宋詩主張「尊蘇抑黃」，〔註127〕元好問，其詞風也頗似蘇軾，況周頤評其詞：「遺山之詞，亦渾雅，亦博大，有骨幹，有氣象。以比坡公，

〔註123〕 金初詞壇，吳蔡體風行一時，然不脫北宋詞之影響。金啓華：《中國詞史史綱》（南京：南京出版社，1992 年 4 月）北宋滅亡之後，蘇軾詞派分爲南北兩支，北派爲蔡松年、趙秉文、元好問等金源詞人。詳見吳熊和著：《唐宋詞通論》（杭州：浙江古籍出版社，1989 年），頁 215。蘇軾開創的豪曠詞風如雄風吹進詞壇，……，他的詞風還北傳金國，蔡松年、趙秉文、元好問等都受其影響。詳見苗菁著：《唐宋詞體通論》（鄭州：中州古籍出版社，1998 年）頁 212～213。蘇軾辭世後不到三十年，北宋王朝爲金源所亡，但是蘇軾的學術思想和東坡體精神卻在金源國土上得以延續並被極度張揚。趙維江：《金元詞論稿》（北京：中華社會科學出版社，2002 年 2 月），頁 80。就金詞而言，其主要表徵就是：一方面由宋入金的詞人開啓了金代詞運，另一方面，對蘇軾詞風的景仰和承繼成爲金詞的主流。詳見：陶然：《金元詞通論》（上海：上海古籍出版社，2001 年），頁 57。蘇軾多方面的巨大成就，能位後代的文學發展提供豐富給養。蘇軾之後，無論是北宋文學、南宋文學，還是金源文學，都不可能無視蘇軾，不可能不受其沾漑。詳見胡傳志：《金代文學研究》（合肥：安徽大學出版社，2005 年 5 月），頁 40。
〔註124〕 趙秉文之推崇蘇軾，於其所撰之〈東坡眞贊〉一文盡見，詳見〔清〕張金吾編纂：《金文最》（北京：中華書局，1990 年 8 月），上冊，卷 21，頁 275。
〔註125〕 金代作詞首宗蘇軾的，是趙秉文。詳見《金元詞通論》，頁 47～48。
〔註126〕 詳見：《金元詞通論》，頁 57。
〔註127〕 詳見張尹炫：〈蘇軾對遼、金、元文壇的影響〉，《荷澤師專學報》，2001 年第 3 期，頁 5。

得其厚矣，而雄不逮焉者。」；〔註128〕二爲對東坡詞之企慕，而繼承
之。〔註129〕金源文人對蘇軾十分敬仰，金人對蘇軾之人格，頗多肯
定，認爲其對國忠義，仕途不達，於是有曠達之襟抱，有淡泊之志。
〔註130〕金人學蘇，亦多用東坡貶之海南以後之作品，習之平淡雋永
之韻致。〔註131〕時至金末，蘇軾曠達之心態，精神上之超脫，更爲
人所喜，進而仿效。〔註132〕是以，蘇軾於金源詞壇有極高之地位。
三爲金源統治者出於「正統天下」之需要，學習並引進漢文化，復興
傳統之儒學，而務實重道之「蘇學」，更是適得其所，於是蘇學廣泛
被知識分子接受，金源文人對蘇軾之仰慕表現於各方面，包括其政治
理想、主張，推崇人格，崇拜與模仿其詞章、書法等創作，〔註133〕
影響金源文人甚鉅。在金人樂府創作承繼蘇詞言志之體與豪邁風格，
富有鮮明之北宗特色。

　　金滅北宋以降，中國詞壇便分爲南北，各自發展，分庭抗禮。
南宗詞，主要繼承周邦彥以來，重格律之體派，盛行於南宋，南宗
詞有辛棄疾另闢蹊徑，詞風悲亢激昂；金元詞稱北宗，而北宗詞上
承蘇軾言志主氣，與風格豪邁之體式，而稼軒詞亦應視爲北宗詞，

〔註128〕見況周頤：《蕙風詞話》，《詞話叢編》，冊5，頁4464。

〔註129〕另一方面，對蘇軾詞風的景仰和繼承，成爲金詞的主流。《金元詞
　　　　通論》，頁57。

〔註130〕在金朝人心目中，蘇軾是兼有愛國之心、超曠之志漢平淡之志的完
　　　　美人格典範。同上註，頁66。

〔註131〕而在金人看來，蘇軾的人格魅力來自於其平淡之志，蘇軾到海南之
　　　　後的創作和心態，都在金代文人這裡得到高度共鳴，金人步韻蘇
　　　　詩，或集蘇句，往往用的都是東坡渡海以後，那些於平淡中蘊含至
　　　　味的作品。同上註，頁67～68。

〔註132〕這時，蘇軾式的人生價值便凸顯於眼前，藉此他們可以在隱居與勉
　　　　仕之間找到一條中間道路，理性的清醒與感性的沉醉融合爲一，徹
　　　　底泯滅理智與感情的衝突，達到精神上的超越。而在金代後其實侷
　　　　限於危亂之後，現實的紛亂和心理的迷惘，同樣使文人們選擇了蘇
　　　　軾，其大節照古今而又充滿了逸懷與恬淡天然的人格形象，成爲金
　　　　代文人效做與追奉的典範。同上註，頁69。

〔註133〕詳見《金源詞論稿》，頁80。

且就詞學淵源與與詞體特徵二點而言，稼軒詞與金詞有直接傳承關係。〔註134〕北宗詞之特徵爲豪放質樸。南宋詞與金詞同時亦共源，南宋詞與金詞就文學淵源上，出於同源，猶如手足，同出於北宋詞，二者關係密切，互有影響。如上述辛棄疾，稼軒由金南歸宋朝，由北入南，詞格之養成必於金國時便已深植根柢，〔註135〕稼軒詞於南宋雖非主流，然追隨步韻者多有之，而稼軒體與吳蔡體於詞體交際功用上，幾乎是如出一轍，稼軒體根本上爲北宗精神之南移，〔註136〕清周濟明白指出：「稼軒由北開南，……爲詞家轉境」〔註137〕可見南宋詞與金詞互有交流影響。

　　劉達科《遼金元文學研究》總觀金詞發展，其曰：「金詞在北宋詞的基礎上有所發展和創造，對於豪放派和婉約派的詞風都有所繼承。」〔註138〕追究文學淵源，北宗詞近源乃爲北宋詞，自精神或風格而言（不論音樂性），可上溯自北朝民歌、漢末建安詩歌，甚至可以上推詩經，實際上金詞爲北宗詞之屬，而作爲北方文學之承繼者。〔註139〕

　　清代吳梅《詞學通論》：

> 唐五代兩宋之作，爲詞學極盛期，自是而後，此道衰矣。
>
> 金元諸家惟吳、蔡、遺山爲正，餘皆略事聲歌，無當雅奏。
>
> 〔註140〕

吳氏之言似以金元詞除吳激、蔡松年與元好問之外，餘皆無可述者。然而，此言似乎不甚公允、客觀。綜上所述，金源詞壇，才人輩出，

〔註134〕趙維江認爲詞分南北宗，而北宗的詞體創作主要是繼承蘇軾的體式。詳見《金元詞論稿》，頁31。

〔註135〕龍沐勛：〈兩宋詞風轉變論〉，《詞學季刊》（南京：開明書店，1935，1月），下冊，卷2，頁16。

〔註136〕詳見《金元詞論稿》，頁105～106。

〔註137〕〔清〕周濟：《宋四家詞選》，見唐圭璋編：《詞話叢編》（臺北：新文豐出版社，1988年），冊2，頁1644。

〔註138〕劉達科：《遼金元文學研究》（北京：北京出版社，2001年），頁7。

〔註139〕詳見《金元詞論稿》，頁37～38。

〔註140〕吳梅：《詞學通論》（香港：太平書局，1964年），頁120。

詩詞理論與創作成果粲然。且金詞於詞史之歷史地位，不可忽視，
雖元詞走向受南宋詞影響，但金詞爲元詞奠定基礎之功不可沒也。
〔註141〕金詞淵源上承北宋詞，與南宋詞互有交流，下啓元詞，金詞
成果豐碩，頗有可觀之處，於詞史之地位更是無可取代。

〔註141〕《金元詞通論》，頁 78。

第三章　〈二妙詞〉之主題

　　段克己兄弟樂府共計一百三十闋，內容豐富，主題多樣；或記遊以懷古，或贈答以述志，或惜春以抒情，或詠花以寄託，或祝賀以互勉，茲依此，大致劃分〈二妙詞〉主題，共得七種題材：遊歷、酬贈、祝賀、詠花、感興、詠春、酬神，並欲透過主題探析，窺知二段之思想與情感。

第一節　遊　歷

　　二段昆仲愛好旅行，時與友人遊歷山水亭樓，兩人或旅平陽，或遊青陽峽、西柏崗，或登樓憑高，或過故城，所至之處，填詞以記。二段漫遊有感而作，寄情於景，寓志於詞。以下舉例析論之。

一、〈水調歌頭〉

　　癸卯八月十七日，逆旅平陽，夜聞笛聲，有感而作。

> 亂雲低薄暮，微雨洗清秋。涼蟾乍飛破鏡，倒影入南樓。水面金波灩灩，簾外玉繩低轉，河漢截天流。桂子墮無跡，爽氣襲征裘。　　廣寒宮，在何處，可神遊。一聲羌管誰弄，吹徹古梁州。月自於人無意，人被月明催老，今古共悠悠。壯志久寥落，不寐數更籌。〔註1〕（卷7，頁1）

〔註1〕　見金段克己、段成己：《二妙集》（臺北：臺灣商務印書局，1979年）

由詞序知寫作時間於癸卯（1243）中秋過三日，克己客居平陽（今山西臨汾）夜聞笛聲，有感而作。八月十七，月仍明亮，此闋先摹寫夜景。天空滿佈雲朵，與暮靄融成一片，夜雨濛濛過後，月光劃破烏雲，照映在南邊樓臺上。月光投射於水面，水波映光，閃閃耀眼，簾外玉繩星已低斜西轉，滿天星子，銀河流動似截斷天空而去。此時桂花飄落，僅聞其香而未見痕跡，清爽氣息侵襲羈旅之遊子。上片寫景，摹寫由視覺轉為嗅覺，詞人以景塑造淒清孤獨之氛圍。

下片設問，廣寒宮於何處？可神遊乎？忽聞悲淒羌笛聲，吹奏古曲。月對於人無意，人卻被明月催老，古月照今人，克己發出感嘆，豪邁之志衰落已久，壯志久難實現，無眠更數打更聲，憂愁暗生。月無情，人多情，有情人因人事缺憾，而感於月之盈缺，克己慨歎古今，自傷寥落，壯志難伸，因而展轉不寐，不勝唏噓。

二、〈滿江紅〉

過汴梁故宮城二首之一。

> 塞馬南來，五陵草樹無顏色。雲氣黯、鼓鼙聲震，天穿地裂。百二河山俱失險，將軍束手無籌策。漸煙塵、飛度九重城，蒙金闕。　　長戈娬，飛鳥絕。原厭肉，川流血。歎人生此際，動成長別。回首玉津春色早，雕欄猶掛當時月。更西來、流水繞城根，空鳴咽。（卷7，頁2）

宣宗貞祐二年（1213），元兵南攻，金兵潰不成軍，節節敗退，宣宗遷都，當時克己年一十九，困於舊都，見元兵屠城，哀戚悲切。事隔一十八載，克己年三十八，重遊汴梁故宮，思及往事，一時元兵屠掠之慘狀湧現心頭，遂賦〈滿江紅〉二闋。

「塞馬南來」乃指蒙古軍南下侵略，連汴京草樹皆大驚失色，百姓更是倉皇失措。繼之，描述激烈戰況，雲氣為之黯淡，戰鼓隆隆，聲響之大猶如可穿天、裂地。其後寫金兵失守，將軍無策，京師被佔，

四庫全書珍本，卷七，頁 1～2。本論文引詞皆本該書，未免煩贅，引詞之後，僅注其卷數、頁碼，不另行加註。

「金闕」蒙塵。下片起首四句,寫故都爲戰火蹂躪,滿目瘡痍,慘不忍睹。長戈一動戰禍起,飛鳥絕跡,山原上屍橫遍野,血流成河。前述戰端慘狀,「歎」一聲,筆觸轉回作者感懷。克己不禁感嘆,人生此際,或遭屠殺,或因戰亂失散,皆成永別。

克己自兵禍中逃出生天,其辛酸血淚,難以言喻,以「動成長別」表現對人生遭逢巨變之感慨。舊地重遊,回首卻看玉津園,雕欄猶在,景物依舊,人事已非,只有當時月,映照古今。汴水西流,繞城「空」嗚咽,流水嗚咽豈爲人世悲歡?而「空」字,更帶出克己之激越情緒。汴京帝都所在,繁華熱鬧,如今卻殘破不堪,今昔對比,唯有痛心悲歎,悵然無限。

三、〈滿江紅〉

過汴梁故宮城二首之二。

> 塵滿貂裘,依舊是、新豐羈客。還感慨、中年多病,惟堪眠食。方寸玉階無地借,詩書勳業休重憶。況而今、霜鬢已成絲,非疇昔。　　興廢事,吾能說。今古恨,空填臆。向南風望斷,五弦消息。眯眼黃塵無避處,洗天風雨來何日。待酒酣、慷慨話平生,無人識。(卷 7,頁 2)

此闋上片寫再遊故城,著重自身經歷與傷感,感慨青春年華逝去,鬢髮霜白,往日之豪情壯志,圖建勳業之心,隨金亡遜世,已灰飛煙滅。下片轉爲談論時事,金亡元盛之事,僅能談論,無法挽回,空留餘恨。元軍戰火未熄,望世間戎馬黃塵滾滾,何日休?只有以酒麻痺自己,待酣醉時,一吐流離生平,卻因戰禍,故人渺無音訊,此闋「向南風」三句,恰可作上闋「歎人生此際,動成長別。」之註解。一爲消息斷,一爲長別,皆慟親友生離死別。親友音訊渺,無人可訴生平恨,更顯落寞。

清趙翼〈題遺山詩〉:「國家不幸詩家幸,賦到滄桑句便工。」〔註 2〕段氏兄弟與元好問同遭國家覆亡,異朝代立,目睹戰火屠燒

〔註 2〕金元好問、姚奠中點校:《元好問全集》(太原:山西人民出版社,1990 年)下冊,頁 466。

中原，百姓顛沛流離，國破家亡。克己目睹汴京被奪，其死裡逃生，重遊故城，引心中悲憤，譴責元兵暴虐不仁，亦怪金源君將無能，竟束手無策。目睹家國殘破，親友長別無音訊，卻唯有空嘆。克己身世多舛，心懷悲痛，故吟詩賦詞頗有故國之思，字字血淚，句句滄桑，故趙氏評遺山詩，用以評克己詞，亦妥貼恰當。

四、〈滿江紅〉

登河中鸛雀樓。

> 古堞憑空，煙霏外、危樓高矗。人道是、宇文遺址，至今相續。夢斷繁華無覓處，朱甍碧甃，空陳基。問長河、都不管興亡，東流急。　　儂本是，乘槎客。因一念，僊凡隔。向人間俯仰，已成今昔。條華橫陳供望眼，水天上下涵空碧。對西風、舞袖障飛塵，滄溟窄。（卷7，頁4）

此闋上片起始寫鸛雀樓之高矗。堞為城垛，借代整座城牆，城牆拔地倚空，樓高直入雲霄。鸛雀樓在河中府（今山西永濟縣）西南城上，位於黃河高阜處，時有鸛雀於其上，故得名，傳說鸛雀樓為建立北周王朝宇文氏之遺蹟。克己登鸛雀樓，前瞻中條山，下俯瞰黃河，大河浩瀚，碧空倒影，見壯麗山河，深有所感，抒懷古幽情。起句「『古』堞」與上片結尾「興亡」相呼應，又寫宇文氏陳跡「朱甍碧甃」，繁華夢空，見證古今之河自東流，懷古之情躍然紙上。下片自稱乘槎仙客，〔註3〕應暗指自己隱居山林不問世事，如今離開幽居之所，一時身陷塵寰，紅塵俗事糾葛，又立於古樓，俯仰今昔，興幽古之嘆。結尾「對西風」三句，迎風起舞，揮袖障飛塵，竟覺滄溟小，此豪放之舉，境界隨之開闊。

〔註3〕張華博物志。舊說天河與海通。近世有人居海渚者。年年八月。有人乘槎去來。不爽期。人有奇志。立飛閣于樓上。多齎糧糒乘槎而去。十餘月。至一處。有城郭狀。屋舍甚嚴。遙望宮中。有織婦。見一丈夫。牽牛次渚飲之。驚問曰。何由至此。此人為說來意。并問此是何處。答曰。君還至蜀都。訪嚴君平。因還如問君平。君平答曰。某年八月。詳見藝文印書館編：《歲時習俗資料彙編》（臺北：藝文印書館，1970年），頁249。

登樓臨眺之作品，自東漢末王粲〈登樓賦〉以降，乃至唐李商隱〈安定（定安）城樓〉﹝註4﹞內容皆抒發去國懷鄉，哀愁傷懷，自古登樓遠眺作品以悲懷感傷爲基調，﹝註5﹞唯有唐王之渙〈登鸛雀樓〉詩：「白日依山盡，黃河入海流。欲窮千里目，更上一層樓。」﹝註6﹞突破此基調，創造雄渾氣象，高昂格調。克己續其餘緒，抒懷古之情，繼以迎風起舞作結，使境界廣闊，豪氣干雲，亦可窺見克己個性之一斑。

五、〈滿江紅〉

清明與諸生登西磑柏崗。

> 欲把長繩，維白日、暫留春住。親友面、一回相見，一回
> 非舊。擾擾膠膠塵世事，不如人意十常九。向斜陽、無語
> 倚危樓，空搔首。　　活國手，談天口。都付與，尊中酒。
> 這情懷又是，去年時候。風外紛紛飛亂，柳邊湛湛長江去。
> 問老來、還有幾多愁，愁如許。（卷7，頁5）

題序點明時間爲清明。清明爲春分後十五日，在仲春與暮春之交，清明過後，春亦將盡。克己作此詞時年已五十有二，對時光流逝極爲敏感，故克己欲以長繩繫日，且留春住，亦希冀時光暫停，因爲親友面，每次見面，皆覺非舊。克己感於年華逝去，又思及半生顛簸，不如意事十常八九，事常與願違。克己漸進人生之暮年，回首看半生流離，唏噓不已，竟無語，以單薄之身倚危樓，空搔首。下片「活國手」與

<hr>

﹝註4﹞ 李商隱〈安定城樓〉詩：「迢遞高城百尺樓，綠楊枝外盡汀洲。賈生年少虛垂涕，王粲春來更遠遊。永憶江湖歸白髮，欲回天地入扁舟。不知腐鼠成滋味，猜意鵷雛竟未休。」〔清〕清聖祖輯：《全唐詩》（北京：中華書局，1960年4月），冊16，卷540，頁6191～6192。

﹝註5﹞ 中國古代登樓臨眺之作，自王粲〈登樓賦〉以下，杜甫之〈登岳陽樓〉詩，柳宗元〈登柳州城樓寄漳汀封連四州〉詩，至李商隱〈安定（定安）城樓〉詩，皆抒發去國懷鄉，憂讒畏譏，滿目蕭然，感極而悲，縱使辛棄疾般英雄登建康賞心亭，亦不免俗地「搵英雄淚」，可見登樓臨眺之作已形成了一種以危苦悲愁爲主之審美心裡定勢。詳參王步高主編：《金元明清詞鑒賞辭典》（南京：南京大學出版，1989年），頁194。

﹝註6﹞ 《全唐詩》，冊8，卷253，頁2849。

「談天口」代表活國濟世之能者，克己但嘆空有才幹，卻無用處。詞人三十五歲及進士第，越明年，元兵圍汴京，哀宗出奔河北，隔年克己偕弟成己避往龍門山，本有報國之心，國卻已亡，壯志未酬，不得已將雄心大志交與杯中物，寄懷才不遇之怨與斗酒。又見柳絮紛飛，長江逝匆匆，一時悲愁湧上心頭。

克己時運不濟，空有滿腹才華，卻無發揮之機會，故藉此詞抒怨，又因年屆暮年，過往人生多舛，愁緒不斷，故問愁有幾許？此闋將克己晚年怯韶華急逝心情，刻畫細微，亦將壯志未竟之憾，婉轉道出。

六、〈月上海棠〉

同詩社諸君飲芹溪上。

> 閒人不愛春拘管。被東風暗入羅帷暖。草色近還無，傍溪陡覺金沙軟。梅花蕾，風味朝來不淺。　　十分瀲灩金蕉滿。兩頰潮紅百憂散。不醉且無歸，任門外玉繩低轉。懽娛地，莫道書生冷眼。（卷7，頁15）

此闋應作於元定宗二年（1247），時段克己年五十有二。描述與友共飲芹溪上欣忻之情，寫景利用視覺描摹一幅春色水光圖，地上綠草如茵金沙軟，芹溪水光瀲灩，溪旁有金蕉。兼以嗅覺摹寫，又有「梅花蕾」風味不淺，與好友共賞美景，人生至樂，故克己興致高昂，任時光流轉，夜色蒼茫，至醉方休。詞人宴飲芹溪，心滿願足，故言不醉不歸矣。此闋寄情於景，醉墨淋漓，風格舒朗明快，極力渲染歡樂氣息。

七、〈鷓鴣天〉

九日寄彥衡濟之，兼簡仲堅景純二弟二首之一。

> 點檢笙歌上小樓。西風簾幕卷清秋。綠醅輕泛紅萸好。黃菊羞簪白髮稠。　　今古恨，去悠悠。無情汾水自西流。澹煙衰草斜陽外，並作登臨一段愁。（卷7，頁15）

舊時重陽節之習俗，多於此日相率登高或飲菊花酒，或佩帶茱萸，藉以驅凶避厄。克己於重九日亦不免俗，登樓飲酒暢情，頭插茱萸。上

片以紀實手法描述重陽節登樓所見，爲重陽節準備之樂舞歌曲，西風
颯颯捲起簾幕，使窗外秋景，可一覽無遺，綠醅配紅萸，九日登高之
好盡於此。上篇三句顯輕鬆快意之情，「黃菊羞簪白髮稠」微露沉重
之感，克己歷盡人生苦楚，而今年華已暮，滿頭霜雪，故「羞簪」黃
菊，此處用蘇軾〈答陳述古二首〉詩之一：「城西亦有紅千葉，人老
簪花却自羞。」〔註7〕與張耒〈風流子〉（木葉亭皋下）上片：「奈愁
人庾腸，老侵潘鬢，謾簪黃菊，花也應羞。」〔註8〕詞意。

　　下片虛寫，詞人視野轉而開闊，汾水滾滾西流，時代興盛衰亡似
流水，悠悠而去，無可挽回。吾人繫聯克己生平，國亡家破，入元不
仕，幽居山林，故其「今古恨」必包括故國之思，然而眼前衰颯秋景，
斜陽澹煙衰草，更令登高之詞人，愁緒綿連不斷。

　　此闋寫景由遠而近，敘述手法先實後虛，感情漸次深沉，由愉快
輕鬆之九日登高，轉而撫今追昔，以汾水之無情，反襯作者之多情，
秋景蕭索，登高賦愁，意在言外，幽思難掩。先寫景後抒情，下片境
界使大，感慨既深。詞雖短，情却溢箋，讀之悵然。

八、〈鷓鴣天〉

九日寄彥衡濟之，兼簡仲堅景純二弟二首之二
　　　酒滿金尊客滿樓。美人清唱眼波秋。花隨酒令筵前散，香
　　　逐芳鬚坐上稠。　　山歷歷，水悠悠。百年光景去如流。
　　直須爛醉酬佳節，莫惹人間半點愁。（卷7，頁15）

此闋上片實寫，寫宴飲、美人獻唱之歡。「酒令」爲古代宴會中，佐
飲助興之遊戲。推一人爲令官，其餘人聽其號令，輪流說詩詞或作其
他遊戲，違令或輸者飲酒。酒令有飛花助興，花香環繞行酒令諸君，
上片描述克己與群友重陽飲酒宴樂，歡愉之至。下片寫景，青山歷歷

〔註7〕見〔宋〕蘇軾著、〔清〕馮應榴輯注、黃任軻，朱懷春校點：《蘇軾
　　　詩集合注》（上海：上海古籍出版，2001年），頁615。
〔註8〕見唐圭璋編：《新校標點全宋詞》（臺北：文光出版社，1983年），冊
　　　1，頁593。

可數，水流悠悠而去，克己雖感於光陰如水急逝，但對如此佳節，不需感傷荏苒韶光去，直須以醍醐酬佳節，無須招惹愁緒。

此闋多實寫，首尾呼應，前述「酒滿金尊」，後言「爛醉」，純粹述歡情，與上闋先寫景後述悲懷不同。兩闋相對觀之，可見情緒之轉換，上闋先喜而後悲，下闋雖寫盡歡同樂，莫惹半點愁。上闋猶言「並作登臨一段愁」，下闋卻云「莫惹人間半點愁」，可知克己心情，愁極而欲拋卻愁緒，希望可以豁然開朗。然而，誑言不須愁，心中猶愁思滿溢。

同日填二詞，可知克己自勸敞開胸懷，故國已亡，局勢無可挽回，何妨暫忘悲楚往事，及時行樂，脫離愁海。多愁而無益，悲苦心境極欲轉爲曠達，卻不可得。是以，克己心境始終未臻曠達，爛醉解愁愁更愁。至此，克己無奈悲寂之身影，深拓於易代紛亂之史頁。

九、〈西江月〉

久雨新霽，秋氣益清，與二三子登高賦之。

> 人與寒林共瘦，山和老眼俱青。然一葉不須驚。葉本無心入聽。　　氣爽雲天改色，潦收煙水無聲。夕陽洲外片霞明。涵泳一江秋影。（卷7，頁22）

由題序知，時節爲清秋，久雨新晴，天高氣爽，與友登高，而賦此詞。起始二句，將人與自然對比，構思新穎。時已寒秋，落木蕭蕭下，故言寒林「瘦」，以「瘦」字形容林木可謂傳神，易安詞有「人比黃花瘦」，將人與花比，以見人之憔悴，克己云人與寒林共瘦，可謂盡得李清照用字巧妙之真傳。繼之，將秋山與老眼相較，言「俱青」，山已屆秋之時序，而「老眼」之克己亦邁入人生之「秋」。而暮年之詞人未悲秋嘆老，下文反用古人云：「一葉驚秋」，〔註9〕說明無心聽聞落葉之聲，並

〔註9〕詩詞中寫「一葉驚秋」泰半皆以悲秋感嘆爲基調。譬如：唐沈佺期〈雜詩三首〉之一：「落葉驚秋婦，高砧促暝機。蜘蛛尋月度，螢火傍人飛。清鏡紅埃入，孤燈綠焰微。怨啼能至曉，獨自懶縫衣。」見《全唐詩》冊4，卷9，6頁1035。唐孟浩然《和盧明府送鄭十三還京兼寄之什》詩：「昔時風景登臨地，今日衣冠送別筵。醉坐自傾彭澤酒，思歸長望白雲天。洞庭一葉驚秋早，濩落嗟滯江島。寄語朝廷當世人，何時重

無傳統悲秋意味，而對已屆晚年，亦不介懷，可見克己曠達之情懷。

　　作者以豁達心情欣賞美麗秋景，故詞之下片，純然寫景。秋高氣爽，青天淡雲，煙水茫茫，夕陽州外晚霞絢麗，一江秋水倒映麗景。「涵泳一江秋影」總收全篇，「一江秋影」即映入水中景物之倒影，如此，寒林、青山、落葉、白雲、煙水、夕陽、片霞皆映入水中，以一句總括秋景，技巧高妙。克己寫景栩栩如生，觀察細膩，將諸多景物羅織於一句，生動摹寫清秋景物，如人親臨其境。

　　以下六闋〈鷓鴣天〉詞皆作於元太宗十七（1245）年，時段克己當半百之年，二段相伴遊青陽峽，填詞相唱和，因內容或寫景圖貌，故歸類為遊歷詞。此闋寓情於景，克己生於金元易代之際，其隱居山林，「非魚必不知魚之樂」，應指非幽居者焉知遯世之樂，「得鹿還生失鹿悲」，元朝雖得天下，總有「失鹿悲」，暗指元雖得天下亦不足喜。而下片雖有花開繽紛，柳絮紛飛之美景，然而，觸物生情，望西流之溪水，百川總西去，思及自己隱居龍門山十餘年，還鄉之日遙遙無期，悲從中來，到老卻無少時輕狂欣悅時。上片雖言隱居之恬愉，下片因賭物而有感，悲悽油然而生，可見克己國破身為遺民，有家不得歸之無奈。

十、〈鷓鴣天〉

　　青陽峽對酒三首之一。

　　　　千尺長虹下飲溪。兩山環合翠屏圍。非魚定不知魚樂，得鹿還生失鹿悲。　　花藹藹，絮霏霏。東風不染鬢邊絲。百川尚有西流日，一老曾無卻少時。此溪西流故云。（卷7，頁16）

十一、〈鷓鴣天〉

　　青陽峽對酒三首之二。

　　　　古木寒藤陰小溪。溪邊更著好山圍。波間容與雙鷗淨，空外飄飄一鶚飛。　　湍浪瀉，萬珠霏。風前天棘舞青絲。蘭亭豪逸今陳跡，不醉東風待幾時。（卷7，頁16）

見長安道。」見《全唐詩》冊5，卷159，頁1629～1630。」

此闋泰半寫景，上片描寫青陽峽靜態之景與動態之物，靜態之景有古木、寒藤、小溪與晴空，動態之物謂雙鷗與一鶚。景與物，動靜交錯，構成一幅春日溪上圖，營造閒適優遊之氛圍，摹形圖景，克己可謂能手。下片湍「浪」瀉，浪，水之大也，有「海浪」一詞，卻無「溪浪」，克己謂溪流水波以湍浪，而不云波，意謂小溪水勢與海浪一般波瀾壯闊，「萬珠」形容激起水花極多，此二句以誇飾法形容溪流急逝，水勢洶湧澎湃。克己寫景壯麗，溪流雖小，水勢洶湧，風吹青棘，棘絲漫天舞動，氣勢磅礴。

　　詞鋒一轉，借蘭亭之會，說明須及時行樂。蘭亭會指東晉穆帝永和九年（353）三月三日，王羲之與謝安、孫綽等四十一人，相聚於會稽山陰之蘭亭，眾人賦詩，羲之當場以繭紙、鼠鬚筆書寫詩序，即著名之〈蘭亭集序〉。青陽峽對歌猶如當年之蘭亭會，而今蘭亭會之豪情逸事，已成陳跡。克己弔古惜今，覺韶光易逝，應把握當下，享受春光美景，沉醉東風。

十二、〈鷓鴣天〉

青陽峽對酒三首之三

颭颭輕舟逆上溪。何時柳樹已成圍。貪看歸鳥投林急，不
覺殘花入座飛。　　蘭棹舉，曲塵霏。新荷挽斷有餘絲。
酒酣卻對青山笑，面目蒼然不入時。（卷7，頁16）

上片起始言舟行所感，「颭颭輕舟」，輕舟飄動搖曳，節奏頗輕快，詞鋒一轉，「逆上溪」轉入逆境，見柳樹之高大，驚覺「柳樹成圍」，貪看歸鳥投林之急切，故對飛至身旁之殘花渾然不覺。下片寫舉棹酣飲之樂，酒氣芬芳四溢，舟行無意間挽斷新荷，見荷猶有餘絲。酒酣之際笑對青山，髮鬢蒼蒼不入時。

　　輕舟逆上溪，舟行如此，人生亦如是。克己生命短短五十九載，便過了是二十一年遺民生活，人生泰半亦是逆境，「逆」字貫穿下文。「何時柳樹已成圍」，不察光陰荏苒，驚覺「柳樹成圍」，此處暗用《世說新語·言語》典故：「桓公北征經金城，見前為琅邪時種柳，皆已

十圍，慨然曰：『木猶如此，人何以堪！』〔註10〕攀枝執條，泫然流淚。」克己感於流年易逝，身處逆境感慨益深。貪看飛鳥歸林，急求一枝安，殘花飄飛入座，更惹詞人愁思。

　　下片寫舟行酒酣之歡，克己舉棹暢飲，酒氣濃郁瀰漫，輕舟遊於夏荷之間，新荷明艷高潔，見之可愛，行舟卻意外將新荷挽斷，由可愛轉入可惜，藉斷荷寄故國之思。藉酒消愁愁益濃，酒酣不禁對青山笑，悲極還笑，以蒼老面容不入時作結，感慨萬千。不入時者，不僅蒼然之面色，克己立身行事更是與世俗格格不入，詞人豹隱守拙，不隨俗浮沉，克己自笑不入時，感慨深矣。上片四句，句句轉折有新意，委婉深摯，下句寫舉棹狂飲之樂，以樂述悲懷，以笑寫哭，令觀者鼻酸。

十三、〈鷓鴣天〉

　　上巳時，再游青陽峽，用家弟誠之韻三首之一。

　　　瓦釜逢時亦轉雷。春江得雨浪崔嵬。不才分作溝中斷，偶對溪山一笑開。　題姓字，拂青苔。此翁來後更誰來。不須更待移文遣，俗駕聞風已自回。（卷7，頁17）

此三首〈鷓鴣天〉詞作於元太宗十七年（1245），時克己四十四歲。題序點明時間在上巳節，三月三日，初春時節，與舍弟重遊青陽峽。古時習俗上巳日，有修禊之俗，以祓除不祥，後演變成上巳日遊於水邊宴飲，以下三首〈鷓鴣天〉詞便是記載上巳日春遊。

　　此詞上片起始用典故，瓦釜鳴雷，典出屈原《楚辭·卜居》：「世溷濁而不清，蟬翼為重，千鈞為輕，黃鐘毀棄，瓦釜雷鳴，讒人高張，賢士無名。籲嗟默默兮，誰知吾之廉貞！」〔註11〕「瓦釜」句意指世局溷濁，次句云春天江水因得雨，故浪濤益加洶湧，「春江」句表面上寫景，其實意在言外。克己作此詞於元太宗十七年（1245），時段克己年屆半百。元朝滅金，戰火屠略，生靈塗炭，建國後卻不知安內，與民休

〔註10〕見余嘉錫撰、周祖謨、余淑宜整理：《世說新語箋疏》（臺北：華正書局，1984年），頁114。
〔註11〕洪興祖撰：《楚辭補註·卜居第六》（臺北：天工書局，1989年），頁178。

息，繼續拓張版圖，對外侵略。元人野心與作爲猶如春江得雨，變本加厲。「不才」句，意謂能者庸才不分，牛驥同皁，詞人生不逢時，如此時局只能對溪山一笑，此笑包含多少對時局之憤慨，對身世之無奈。

　　遊歷賞景，古來自有於崖壁名物題遊者姓名，克己遊青陽峽，興之所致，拂開青苔，於其上題姓名。題姓名之舉，可佐證詞人曾到此一遊，不知下一位造訪此處者，是何許人，是否亦會題字留名？「移文」句，應指〈北公移文〉，〈北公移文〉乃文章名。南朝齊孔稚珪撰。敘述周顒和孔稚珪等初隱居鍾山，周顒後應詔出任海鹽縣令，期滿回京，路過鍾山，孔稚珪遂撰此文，假託山神之意，諷刺周顒違背前約，熱衷功名利祿。「不須」句意謂不須諸友作文章譴責熱衷功名之行，克己表示將守節保貞，幽棲以終。

　　此闋暗批世局紛濁，元朝侵略野心猖狂，如此時局，有牛驥共牢之嘆，只能寄情山水，克己再度言明，絕無功名之心，表明遁世以終之志。此闋風格輕快舒朗，用典恰當得宜，委曲含蓄，卻收暗貶之效，殊爲好詞。

十四、〈鷓鴣天〉

　　上巳時，再游青陽峽，用家弟誠之韻三首之二。

　　　　樓外殘雲走怒雷。西山晴色晚崔嵬。柳熏遲日千絲暗，花
　　　　噴溫馨一夕開。　　　須席地，更茵苔。素琴橫膝賦歸來。
　　一觴一詠風流在，牛背如船倒載回。（卷7，頁17）

此詞上片寫舟行所見，初春向晚之青陽峽谷，樓外天空有殘雲，奔雷如怒吼，西山巍巍，天色已晚，日暮時分，光線不足，柳葉如絲看似灰暗，百花盛開猶同噴霧，一夕開盡，芬芳四溢。下片焦點轉爲詞人本身，地上縱有綠茵濕苔，依然席地而坐，素琴橫膝，吟詠陶淵明之〈歸去來兮辭〉，飲酒賦詩，誠屬風流雅事，而船隻穩如牛背，載吾人歸程。

　　克己寫景活靈活現，以「走怒雷」形容雷霆大作，「怒」字將雷人格化，使詞更具有張力，群卉一夕開盡，以「花噴」狀之，花「開」，顯通俗平淡，花「噴」，則造語新穎，動感十足，「噴」，乃急遽湧射

而出也，曲盡群芳一夕綻放之盛況，克己遣詞立意，別出心裁，字斟句酌，達爐火純青之境。

「須席地，更茵苔」，可見詞人舉止不拘小節，性情豪邁。克己偕仲弟遊於青陽峽上，邊暢飲，邊彈奏素琴，歌詠〈歸去來辭〉，詞人乘舟而來，克己兄弟搭乘穩如牛背之舟，走向歸程。此闋記載青陽峽遊賞之樂，美景堪賞，酣飲賦詩，實為人生樂事。

十五、〈鷓鴣天〉

上巳時，再游青陽峽，用家弟誠之韻三首之三。

> 古嶽干將未遇雷。一生肝膽譓崔嵬。不將身向愁中老，剩
> 把懷於笑裏開。　　賢聖骨，長寒苔。君如不飲復何來。
> 便從今日為頭數，比到春歸醉幾回。（卷7，頁17）

此詞上片即用典故，血性鐵漢干將，含冤而死，心中多有不平之氣。克己感嘆干將之遭遇，便覺應珍惜有限身，不將此身置於愁海，餘生須「笑裏開」。下片言古來賢人聖者之骨已生寒苔，人生何必在意得失、功成。君若不為飲酒，何須來？從今日數，到春盡，共有幾回醉。

干將，春秋楚國人，相傳善鑄劍。後多借指利劍。《搜神記》載其事：楚人干將、莫邪夫婦為楚王作劍，劍有雄雌，三年方成，干將以誤期，自斟獲罪必死，故藏雄劍囑其妻，若生男，告以劍之所在。干將果被殺，其子長，得客助，為父復仇。〔註12〕干將空有鑄劍絕技，卻含恨枉死，心中憂憤不平，而克己自比干將，詞人金末舉進士，尚未出仕，國已亡，克己一身才華，滿腹熱血，竟無用武之地，壯志未酬之憾恨，豈不似干將？有感於干將憤懣而卒，克己更覺不應憂愁以終，須笑顏處世。

下片用唐李白〈將進酒〉詩意：「古來聖賢皆寂寞，惟有飲者留其名。〔註13〕」，聖賢白骨已生苔，功勳成就不足貴，克己感於逝者

〔註12〕詳見〔晉〕干寶《新校搜神記》（臺北：世界書局，1979年），頁77
　　～78。

〔註13〕《全唐詩》冊5，卷162，頁1682。

如斯，來者猶可追，便邀成己酣飲，約定從今日到春歸，要數醉幾回。克己感嘆功成名遂轉頭空，覺有限光年應盡歡，酩酊酬此生。

　　克己淪為遺民，空有才幹卻無法施展，滿腔憂憤，惜干將，亦自悲。克己有志不得伸，唯有自慰：聖賢成敗皆是空，詞人心知功名從此逝，僅以詩酒寄餘生，克己苦悶靈魂，於焉得見。

十六、〈鷓鴣天〉

　　上巳日陪遯菴兄遊青陽峽四首之一。

　　　瀧瀧春江走怒雷。翠巖千丈立崔嵬。山英似與遊人約，盡放浮雲一夕開。　　傾綠酒，坐蒼苔。大書歲月記曾來。直將酩酊酬佳節，挽住春光不放回。（卷8，頁11）

成己與兄過青陽峽所作〈鷓鴣天〉詞六首，皆作於元太宗十七年（1245），時成己四十七歲。兄弟遊覽山水，時相唱和，成己步韻其兄之作，故詞韻次第皆同。

　　此闋上片寫青陽峽之景之句，動靜相間，氣象恢弘。描述春江淙淙，水勢如怒雷奔騰，千丈巖壁陡峭，山中群卉似與遊人有約，浮雲散，花開盡。成己「山英」二句，與其兄詞句「花噴溫馨一夕開」，有異曲同工之妙，成己將山英擬人化，賦予花卉生靈，想像新奇。「山英」亦或可解作「山神」，山神與遊人早約定，暮天雲散，花香四溢。上片寫景變化豐富，張力強。

　　下片直接切入詞人動作，「傾綠酒，坐蒼苔。」寫二段兄弟野宴之趣，詞人舉止瀟灑，落拓不羈，不怕蒼苔污衣。兩人遊覽名勝，以詞章記遊，故曰：「大書歲月記曾來」，其意在模仿王羲之、謝安等人「蘭亭會」豪情逸事，王氏題序記之，成己詞句有「千古蘭亭氣象豪，當時座上盡英髦」，〔註14〕可作此闋註解。「直將」二句，傷春惜時，行樂須及時。自成己生平際遇觀之，此二句充滿對人生之感慨。下片風格曠達明朗，又寄予感時傷春之情，曠達中寄哀思，深蘊委婉。

────────────

〔註14〕段成己〈鷓鴣天〉詞（上巳日會飲衛生襲之家園。千古蘭亭氣象豪）上片。《二妙集》卷8，頁13。

十七、〈鷓鴣天〉

上巳日陪邀菴兄遊青陽峽四首之二。

不恤枯腸殷夜雷。一杯酳次失崔嵬。暫將平昔看書眼，移
向溪山好處開。　　從健倒，臥莓苔。明朝有酒更重來。
百年光景無多子，爛醉溪頭得幾回。（卷8，頁11）

此闋續前而來，全無摹形圖景之句，盡皆直書胸臆。上片言深夜雷不
恤遊人爲賦詞章搜索枯腸，猶大作，酒無法平撫胸心中不平，故將平
日讀書之眼，轉向西山美景，眼界遂開。下片寫愛惜光陰，及時行樂。
健臥於莓苔之上，聲稱明日若還有酒，要重遊此地，百年光景只一瞬，
人生看似漫長，實則苦短，狂飲爛醉共有幾回。

　　成己金末舉進士，初入仕途，然而壯志未酬國先亡，僅能寄情
山水，聊以自慰。上片成己記遊歷青陽峽，與兄相酬唱直至深霄，
而借酒澆愁，依舊無法平撫心中憤懣，惟有將眼光寄於溪山美景，
或可暫慰內心惝邑。下片與克己〈鷓鴣天〉（九日寄彥衡濟之，兼簡
仲堅景純二弟二首之二。酒滿金尊客滿樓。）下片：「山歷歷，水悠
悠。百年光景去如流。直須爛醉酬佳節，莫惹人間半點愁。」〔註15〕
語意略同。

　　二段同爲天涯淪落人，皆生不逢時，事無可爲，縱使濁酒難澆熄
心中憂憤，又能奈何？故退而求其次，寄懷與四時美景，以詩酒自娛，
和光同塵。二段無奈之情，溢於言表，而其守節隱居之志，令人感佩，
不愧時人以「儒林標榜」視之。

十八、〈鷓鴣天〉

上巳日陪邀菴兄遊青陽峽四首之三。

冷臥空齋鼻吼雷。野禽呼我上崔嵬。幽懷畢竟憑誰寓，笑
口何妨對酒開。　　岩鎖蔦，徑封苔。愛閒能有幾人來。
虛名蓋世將何用，引斷長繩喚不回。（卷8，頁11～12）

〔註15〕見《二妙集》卷7，頁15。

此詞上片起始「冷臥」句，臥居空齋遇冷打噴嚏，哮息聲大猶如雷響，用誇飾法，寫之輕鬆逗趣，次句野禽呼我上高山，成己彩筆下，野禽有靈性，似與詞人爲至交，情味濃厚，克己詞句：「尋山鳥山花好朋友」，〔註16〕或可爲此句註解。次句抒知音杳杳，吾人可寄幽懷，惟能對酒笑開懷。下片雖寫景，然意在言外，岩壁小徑叢生蔦樹莓苔，生氣勃勃「岩『鎖』蔦，徑『封』苔」，詞人不仕元朝，仕途亦被「封鎖」，報國之志不得已「塵封」，詞人藉欣欣向榮之春日山景，反襯本身落拓際遇。志未能伸，幽懷又無可寄託，唯有自慰，蓋世虛名無用，而韶華一逝，任長繩挽不回。以長繩喚日，立意新巧，恰可與其兄詞句：「欲把長繩，維白日、暫留春住。」〔註17〕相應。成己仕途多舛，避世山林，唯有尋野禽爲伴，結庈酒爲友，詞人孤寂落寞之情，溢於言表。

十九、〈鷓鴣天〉

上巳日陪遜菴兄遊青陽峽四首之四。

三月寒潭未起雷。臨流照影笑崔嵬。詩無好句頤難解，尊有芳醪手自開。　　山下石，水邊苔。春風來似不曾來。酒闌偶趁飛花去，路斷前溪笑卻回。（卷8，頁12）

上片寫臨潭賦詩飲酒之樂，三月深潭天氣冷峭，雷霆未作，成己「臨流照影」塑造風流俊俏之形象，寫人栩栩然。後述與兄詩詞酬唱，搜索枯腸卻無好句，不妨飲盡杯中物。下片「山下石」二句，，山下石礫礫，水邊苔青青，寫景如躍紙上。成己宴飲將散，欲歸，飛花卻點點飄落，彷彿與之贈別。成己筆下之物，生動活潑，「花」偶趁酒宴未散飛去，頗有靈性，饒有情味。尾句「路斷前溪」，看似寫景，然另有底蘊，前溪可比元朝，路自指仕途，成己求仕之路，被元朝阻斷，心中自有不甘，幸而寄情山水，遊賞盡興，故一笑而回。

〔註16〕段克己〈月上海棠〉詞（答楊生彥衡二首之二。時平無用經綸手）下片。見《二妙集》卷7，頁15。

〔註17〕段克己〈滿江紅〉詞（清明與諸生登西礓柏崗。欲把長繩。）上片。見《二妙集》卷7，頁5。

此闋風格輕快明朗，道盡春遊野宴之趣，使人如親臨其境，記遊不僅圖景狀貌，亦別有涵義，寄懷才未遇之恨，殊爲內蘊豐富之遊歷詞。

二十、〈鷓鴣天〉

再游青陽峽，奉和邂菴兄韻二首之一。

　行徹南溪到北溪。山回萬馬合長圍。花如有舊迎人笑，雲
　自無心出岫飛。　　揮醉墨，帶煙霏。婆娑醉舞拂青絲。
　昔時心賞今猶在，但恐風流異昔時。（卷 8，頁 12）

此詞上片寫閑步青陽峽所見之景，首句：「行徹南溪到北溪」，溪字重複，是謂類疊，﹝註18﹞音節收複沓之美，自然和諧，次句以萬馬圍山，想像力豐富，造語新奇，更顯山之壯麗。「花如有舊迎人笑」句與前述「山英似與遊人約，盡放浮雲一夕開。」、克己詞句「花噴溫馨一夕開」相呼應，二段彩筆賦予花生命，群芳有情緒，甚至有自主性，可與遊人約，因詞人至，而一夕開盡，此闋緣是「再遊」，故成己曰：「花如有舊」，因是故交，花方「迎人笑」。擬人格將人類之性格、情感，賦予人以外的其他事物，成己用之高妙，出神入化，使物自然可愛，趣味橫生。「雲自無心出岫飛」，化用陶淵明〈歸去來兮辭〉：「雲無心以出岫，鳥倦飛而知還。」，寫景還寓義，象徵追求個體精神之獨立。﹝註19﹞下片描述宴飲酬唱之況，煙霏漫漫，醉時振筆新賦詞章，吟罷，婆娑起舞，手舞足蹈拂青絲，心情甚歡愉，下句急轉直下，有感而發，境不隨時轉，有風流恐異代之慨。

﹝註18﹞類疊在國語文中乃常見之修辭技巧，其以同類近似語法結構之詞語重疊運用。見何永清《修辭漫談》（臺北：臺灣商務印書館，2004 年 4 月）頁 72。

﹝註19﹞獨特的意象總是屬於特定的時代，帶有鮮明的時代特徵和創作主體的個性色彩。無心出岫的雲，倦飛而知還的鳥，是人性覺醒的晉宋時代陶淵明追求個體精神獨立的象徵。詳見王兆鵬《宋南渡詞人羣體研究》（臺北：文津出版社，1992 年）頁 68。

二十一、〈鷓鴣天〉

再游青陽峽，奉和遜菴兄韻二首之二。

> 瀑布岩前水滿溪。青陽廟下四山圍。歌殘白雪雲猶佇，舞
> 落烏紗鳥忽飛。　　迷晚色，鎖晴霏。野花如綺柳如絲。
> 一尊不惜頹然醉，明日重來已後時。（卷8，頁12）

上片起始寫景，描寫壯麗景色，岩前瀑布流瀉，溪水滿漲湍急，青
陽廟下有群山坐落於此，一曲陽關白雪，歌未竟，雲似停佇傾聽，
成己翩然起舞，烏紗帽落，鳥兒受驚，倏地飛起。下片寫成己沉醉
於青陽峽美景，不能自拔，晚色迷人，晴霏鎖人心魂，又有似綺織
之野花、細如絲之柳條，此景甚是賞心悅目。見美景如斯，成己酒
興高昂，不待明朝，頹然就醉，因明日已後時，意謂須及時行樂，
把酒言歡，大有唐羅隱「今朝有酒今朝醉，明日愁來明日愁。〔註20〕」
灑脫之意味。

　　由二段之遊歷詞，探析其思想或情感，其中有感嘆今昔歲月，如
「月自於人無意，人被月明催老，今古共悠悠。」（〈水調歌頭〉亂雲
低薄暮），「向人間俯仰，已成今昔。」（〈滿江紅〉古堞憑空）詞人彩
筆追述昔日，感傷今事，此亦為「身世之感」之延伸，「今古恨，去
悠悠。……並作登臨一段愁。」，俯仰今昔，愁緒頓生。「昔時心賞今
猶在，但恐風流異昔時。」（〈鷓鴣天〉行徹南溪到北溪），詞人撫今
思昔，有羈旅漂泊之感傷，故借景抒情。

　　遊故城，反映戰火殘酷，「長戈嫋，飛鳥絕。原厭肉，川流血」
（〈滿江紅〉塞馬南來），痛家破亡國，親友流離失聯，感物是人非
之變，「歎人生此際，動成長別。」、「向南風望斷，五弦消息」（〈滿
江紅〉塵滿貂裘）「回首玉津春色早，雕欄猶掛當時月。更西來、流
水繞城根，空鳴咽。」（〈滿江紅〉塞馬南來），詞人觸景傷情，託辭
抒家國之恨，寫來慷慨悲悽，此非僅是個人之痛，亦為時代之悲。

〔註20〕唐羅隱〈自遣〉詩：「得即高歌失即休，多愁多恨亦悠悠。今朝有酒
　　　今朝醉，明日愁來明日愁。」見《全唐詩》冊19，卷656，頁7545。

　　自古「學而優則仕」，此為士人普遍之抱負，〔註21〕二段亦欲一
展長才，先後及進士第，然其經歷改朝換代，二段選擇保全人格之貞
節，遁世隱居。雖蕭散山林，卻不免嘆生不逢時，壯志未酬，譬如：
「壯志久寥落，不寐數更籌。」（〈水調歌頭〉亂雲低薄暮），「活國手，
談天口。都付與，尊中酒。」（〈滿江紅〉欲把長繩），歎英才失路，
如「方寸玉階無地借，詩書勳業休重憶。」二段心懷幽憤，借酒澆愁，
「直須爛醉酬佳節，莫惹人間半點愁。」（〈鷓鴣天〉酒滿金尊客滿樓）、
「幽懷畢竟憑誰寓，笑口何妨對酒開。」（〈鷓鴣天〉冷臥空齋鼻吼雷），
拓落境遇，幽懷無從寄，唯有酒是真知己。

　　歎韶光易逝，「山歷歷，水悠悠。百年光景去如流。」、「何時柳
樹已成圍」（〈鷓鴣天〉颭颭輕舟逆上溪）、「一尊不惜頹然醉，明日重
來已後時。」（〈鷓鴣天〉瀑布岩前水滿溪），恨光陰荏苒，須及時行
樂，「蘭亭豪逸今陳跡，不醉東風待幾時。」（〈鷓鴣天〉古木寒藤蔭
小溪）、「百年光景無多子，爛醉溪頭得幾回。」（〈鷓鴣天〉不恤枯腸
殷夜雷），二段驚嘆歲月飄忽，故覺應把握時光，行樂須及時。

　　詞中又有批評時事，「瓦釜逢時亦轉雷。春江得雨浪崔嵬。」（〈鷓
鴣天〉瓦釜逢時亦轉雷），先嘆己之生未逢時，轉而暗指元朝野心如
得雨春江，大動干戈，荼害黎民百姓。（〈鷓鴣天〉瓦釜逢時亦轉雷），
身處亂世，事不可為，遂表明歸隱心志，看淡功名利祿，「不須更待
移文遣，俗駕聞風已自回。」（〈鷓鴣天〉瓦釜逢時亦轉雷），「虛名蓋
世將何用，引斷長繩喚不回。」（〈鷓鴣天〉冷臥空齋鼻吼雷），段氏
兄弟看破功名勳業，幽棲於物外以終。

　　二段隱逸生涯，偶有舒朗豪邁之心情，遊歷之樂，例如（〈西江
月〉人與寒林共瘦）一闋，賞秋江麗景，閒適自得，「不醉且無歸，
任門外玉繩低轉。懽娛地，莫道書生冷眼。」（〈月上海棠〉閒人不愛

〔註21〕學而優則仕，乃古代士人宜有之抱負。然處君權時代，得志與否，
　　　　未盡操之在己；況時有治亂，志有未合，去就行藏，未必如意。詳
　　　　見王師偉勇：《南宋詞研究》（臺北：文史哲出版社，1987 年 9 月），
　　　　頁 234。

春拘管），不管日落星斜，至醉方休，**顯露曠達不羈之性情**。

第二節　祝　賀

　　稷山段氏〈二妙詞〉中有不少篇什爲慶生辰之祝壽詞，或賀人弄璋，或賀人壽誕，或賀人喜獲麟兒，皆含致送恭賀之意，故於將此人生二大喜慶併爲祝賀。祝壽慶生之屬，實應併入酬贈一節，然因數量之夥，故另立章節論之。二段伯仲作賀詞，以表達稱頌、勉勵、讚美、慶賀、祝福等，內容貼切人事，措詞甚爲雅趣，盡皆辭婉情深，殊爲佳作。

一、〈滿江紅〉

　　夢庵張君信夫生朝。

> 臘盡春來，還又是、新年入手。人共喜、丹山僊桂，一枝
> 初秀。轉手黃金都散盡，酒酣彈鋏蛟龍吼。想平生、豪氣
> 尚依然，衝星斗。　　紅未透，花枝瘦。人不老，花依舊。
> 老生涯正要，東山歌酒。翠壁崢空山玉立，長河瀉浪風雷
> 走。挽山河、勝斝入金尊，爲君壽。（卷7，頁4）

張信甫左丞致仕，年六十，克己於其壽誕日，作詞以壽之，時段克己二十七歲。上片開頭及點明時序：臘冬已盡，大地回春，又是新年到，「人共喜」二句，呼應「臘盡春來」，人共喜丹山仙桂初吐嫩蕊，亦喜春臨大地，而「一枝初秀」曲盡春初仙桂新綻芳蕤之姿，使之活靈活現，更突顯「人共『喜』」雀躍之情緒。「轉眼」二句寫壽宴情形，「散盡黃金」指宴飲之奢華，克己飲酒盡興，微醺彈鋏高歌，聲音宏亮似蛟龍吼叫，「酒酣」句塑造詞人豪邁之形象。想張氏平生豪氣依舊，似可衝星斗，以誇飾法讚張氏豪氣干雲，英雄氣概極盛。

　　下片寫早春之景：花初展芳顏，故綠肥紅瘦，與「『一枝』獨秀」前後呼應，突顯初春萬物生氣勃勃之氣象。克己稱張氏雖已是耳順之年，然而人未老，依然精神抖擻，故豪氣依然直上雲霄，如花依舊美麗。「老生涯」指張氏致仕歸家，開啓辭官退休生活，故可以盡「東

山歌酒」之歡。又見翠壁崢嶸山玉立，長河滾滾風雷並作，如此壯麗河山，便將其盡倒映杯中，爲君祝壽。

此闋寫春，栩栩如生，使讀者覺知春正濃，生意盎然。祝壽之禮，挽山河，入金尊，想像新奇巧妙，別出新裁，亦顯豪邁氣勢，可見正值青年之克己性情曠達。

二、〈滿江紅〉

壽衛生衡之。

> 春色三分，猶未一、元宵才過。行樂處、軟紅香霧，未收燈火。楊柳梢頭黃尚淺，梅花萼底紅初破。待東風、吹綠滿瀛洲，愁無那。　　無一物，爲君賀。問人間底事，必須奇貨。好對青山傾白墮，休嗟事業違人些。怕他時、富貴逼人來，妨高臥。（卷7，頁4～5）

此闋作於元定宗二年（1247），時段克己年五十有二，逢衛衡之壽辰，克己題詞賀之。上片先述元宵燈火盛況，後寫景。「春色三分，猶未一」，方過元宵，表示時間才過正月十五，詞人憶及上元燈節熱鬧之況，行樂之處，軟紅香霧，燈火通明。「楊柳梢頭黃尚淺」三句，以楊柳初發，紅梅吐蕊，春風吹綠瀛洲，豐富春天草木勃發之意象，強調春正濃。而春景勾起詞人千愁萬緒，遂云：「愁無那」，方寸間愁思縈繞。問人間何物珍貴稀奇？克己無一物，可贈衡之以爲祝壽，唯有對青山飲美酒賀之，莫感嘆事與願違，怕來日富貴逼人，妨礙高臥青山，隱居清亮之志節。

題爲祝壽，卻「無一物，爲君賀。」，蓋名爲賀其生辰，實則激礪其清高之氣節。上片回憶元宵燈節，富麗之景象，後寫春景，躍然紙上。下片切入主題，雖無「奇貨」可爲衡之壽，僅以傾白墮酬之。「休嗟事業違人些」句，洩露克己生不逢時、身世飄零之無奈，縱使處境艱難，亦要堅持富貴不能淫，保持高臥青山之志。此闋雖是壽詞，然寄寓頗深，以清雅高潔之志，與衡之互勉。克己隱居守拙，冰清玉潔之品性，堪爲古之逸民之表率。

三、〈水龍吟〉

壽舍弟菊軒。

> 天高秋氣初清，姑山汾水增明秀。黃花紅葉，輸香泛灩，
> 恰過重九。細撚金蕤，旋題新句，滿斟芳酒。況人生自有，
> 安排去處，須富貴，何時有。　　休說山中宰相，也不效、
> 斜川五柳。鋤犁自把，山田耕罷，雙牛隨後。經史傳家，
> 兒孫滿眼，漸能承受。待與君坐閱，莊椿歲月，作皤然叟。

（卷7，頁7～8）

首句便言明時節，天高氣爽清秋時，汾水繞姑射山添明秀，以下述成
己生日之景。成己生於九月十日，故曰：「恰過重九」，菊花飄香，紅
葉艷麗，逢此良辰，克己手撚九花金蕊，賦新句，斟滿尊中瓊漿，「況
人生自有」四句，謂人生自有安排，不須富與貴，克己抒隱逸堅貞之
志，亦與成己共勉之。

下片喚英靈於句中，南朝梁陶弘景隱居句曲山，朝廷禮聘不出，
武帝遇有國家大事，常前往請教，時人稱之為山中宰相，陶淵明棄
彭澤縣令而歸隱家園，於門前栽種五株柳樹，「休說」二句，言二段
隱居未如陶弘景曲折干政，亦無陶淵明文采風流，有隱逸之名，吾
僅是荷鋤躬耕，過雙牛隨後之生活。克己對隱逸現況，怡然自得。「經
史」二句，經史文章乃千古事，曹丕亦云：「蓋文章經國之大業，不
朽之盛事。」〔註22〕年壽有盡時，朝代有更替，唯有經史文章可傳
後代，萬古流芳而不朽，而兒孫繁衍，開枝散葉，家道不斷。克己
著重此二點，身為前代遺民，山中文士，欲進無路，詞人以此聊以
自慰。希望與弟，隱居讀書，躬耕以終，並祝其高壽，作一白頭老
翁。

此闋應作於元定宗三年（1248），時段克己年有五十有三，而成
己正當半百之年，兩人均已年屆暮年。此闋雖是壽詞，卻無應酬客套
之語，詞以抒情述志，並與弟共勉，其中亦有「莊椿歲月」由衷祝福。

〔註22〕曹丕〈典論論文〉之句，見〔梁〕蕭統編、〔唐〕李善注：《文選·
魏文帝典論論文》（臺北：文津出版社，1987年。）頁2271。

段氏兄弟相偕隱於龍門山，詩酒酬答，有蕭閒山林之趣，其手足情深，於此闋得見。

四、〈蝶戀花〉

　　壽衛生襲之。

> 二月山城春尚未。柳弄東風，恰吐黃金蕊。占斷溪頭佳麗地。
> 多君先得閒中趣。　　我爲虛名相絆繫。君自深藏，不識愁
> 滋味。世事無勞深著意。年豐酒賤須勤置。（卷7，頁10）

克己隱居龍門，與襲之相善，逢摯友生辰，作詞以賀之。上片起句即點出時間，春尚未降臨大地，一般而言，柳樹逢春方抽條，如今殘冬春尚未，柳樹便「『恰』吐黃金蕊」，柳樹也因襲之生朝，而歡欣鼓舞，提早吐蕊，趕來爲襲之祝壽。「占斷」，全部佔有之意，意謂襲之賞盡盡溪頭佳麗風景，多得閒中逸趣。

　　此詞下片讚美襲之隱居持節之品性，克己曰己爲虛名相絆，克己自貶，意在突顯「君自『深藏』」，稱許襲之深藏遠遁之志，結尾二句與襲之共勉，俗塵之事無勞吾心，趁豐年酒價低廉，宜「勤置」盡歡。此闋雖是壽詞，卻不落一般椿齡蟠壽之俗套，詞中多柳吐蕊爲襲之壽，營造洋洋喜慶氣氛，讚壽星之高節。克己壽詞落紙而飛，詞雖短，然情溢於箋。

五、〈浣溪沙〉

　　壽衛生行之。

> 莫說長安行路難。休歌骯髒倚門邊。且將見在鬥尊前。
> 人意十分如月滿，月明一夕向人圓。年年人月似今年。（卷
> 7，頁19～20）

克己隱於龍門山，行之爲其時相唱和之至交，行之生朝，克己爲其作壽詞。此詞上片起句便直指「長安行路難」，意謂身處動盪亂世，世間路行路難，故克己與行之隱於龍門山。該日爲行之壽誕，值此佳節良辰，克己故語行之，休高歌，應與我共酣飲慶之。今夜月圓，

希望人事皆如月之美好圓滿。人有旦夕禍福，月有陰晴圓缺，而月只向人圓一夕，克己祝福行之，年年有今日，歲歲有如盈月之圓滿。此闋不落嵩祝般俗套，詞雖短，而言簡意賅，衷心祝福，情眞意切，堪稱碎金。

六、〈浣溪沙〉

壽菊軒弟。

　　白髮相看老弟兄。閑身無辱亦無榮。兒孫已可代躬耕。　　了卻文章千載事，不須談笑話功名。青山高臥待昇平。（卷 7，頁 21）

段氏二妙歷經朝代更迭，入元不仕，相偕歸隱山林，以求貞節自保，克己兄弟壯年避世，而今均已爲白首老翁，故曰：「白髮相看老弟兄」，此身得倖存，回首看此生，「無辱亦無榮」，莊稼農事，兒孫已長，可代躬耕。「了卻文章千載事」可與「經史傳家」﹝註23﹞相呼應，亦即完成經史文章傳後代，不須談笑話此生功名，守青山高臥之志，靜待昇平之日到來。

　　上片言二人自漫天戰火中死裡逃生，亂世得保，此一喜也，閑身無榮辱，得遁世以持節，此二喜也，兒孫可代躬耕，子息得衍，此三喜也，克己以三喜爲弟慶生。下片開頭「了卻」意味，此生責任已了，千載文章可傳，看淡功名事，故曰「談笑」，結尾依然與弟共勉，希冀守高臥之志以終。二段皆已晚年，故語氣多有遲暮之慨，語重心長，此闋雖是壽詞，並無酬酢客氣之言，詞盡顯眞情，亦可窺克己淡泊之志，閒適自得之隱居生活。

七、〈臨江僊〉

李山人壽。

　　濁酒一杯歌一曲，大家留住秋光。片雲輕護曉來霜。殷勤

﹝註23﹞段克己〈水龍吟〉詞（壽舍弟菊軒。天高秋氣初清。）下片。見《二妙集》卷 7，頁 7～8。

籬下菊，滿意爲君香。四海干戈猶未定，此身底處安藏。

醉中聞說有真鄉。便從今日數，三萬六千場。（卷 8，頁 15）

此闋爲李山人生辰作壽詞，記載李氏生日宴飲之況。上片起句便是歡聚場面，大家以濁酒、高歌一曲留住秋光，以下寫景，輕曉時分，片雲輕護秋霜，而籬下菊花也爲君慇勤而開，花開香馥馥，盡歡愉之至。下片切入時事，天下兵戎未定，變亂紛乘，此身何處安藏？成己對時勢，莫可奈何，只有寄託杯中物，醉中聽說有仙鄉，便從今日要大醉三萬六千場。

此詞以壽友人生辰之歡起，下片即轉入評論天下事，「干戈未定」，無處可安居，其憂民傷時可見，後又以酩酊盡歡作結，成己情緒由歡而憂又轉爲歡，然而細讀之，便覺成己以歡寫悲，傾洩身世之悲。詞人身爲前朝遺民，親身經歷戰火屠掠，兵禍四起，身雖隱居，仍惴惴不安，唯有在酒中尋求慰藉，酒國是仙鄉，醉中忘卻生平悲。此闋讀得成己之豪爽，知其慟國之亡，憂天下未平，卻又束手無策，讀之可悲復可歎。

八、〈驀山溪〉

衛生襲之壽。

杏花半吐，花底香風度。楊柳嫰金絲，拂晴波垂垂萬縷。東君著意，付與有情人，山下路，水邊村，總是堪行處。　　春光幾許。不用忙歸去。呼取麴生來，把閒愁一時分付。大都是醉，三萬六千場。遇有酒，且高歌，留住青春住。（卷 8，頁 15）

又逢襲之生朝，克己賦壽詞以記之，上片多寫景，杏花含苞半吐，東風送芬芳，楊柳金絲裊裊搖曳不止。春神刻意爲有情人安排，交代山下路、水邊村，都是可行之處。下片言以酒留住春天腳步，先問春光剩幾許？請春勿即歸去，拿酒來，將閒愁都付與杯中物。人生大都是酩酊一場醉，有酒何妨高歌一曲，留住春光。

此闋壽詞詠春光，亦以酒留春，呈現浪漫情懷，但成己快樂嗎？

答案似乎是否定，自「呼取麴生來，把閑愁一時分付。」可瞧出端倪，現實環境成己是遠離戰禍，遁世於此，亡國悲痛，內心激憤，卻無處可解，遇友之生辰，飲酒高歌，借以抒懷。成己酒酣放歌，為沉鬱之呼聲。激憤悲痛之情懷，遇友壽誕，化淚為笑，戚戚然。如此情感不離悲苦，展現於外反倒是豪邁不羈酩酊高歌之舉，酒精為成己憂憤心靈之短暫止痛劑，酒澆一時之愁，故成己曰：要醉三萬六千場。

十、〈清平樂〉

薛子余弄璋

　　東君調護。錯愛春遲暮。一葉蘭芽今始露。香滿君家庭戶。
　　　　抱看玉骨亭亭。精神秋水分明。自是人間英物，不須更試啼聲。（卷8，頁19）

此闋賀友弄璋之喜，詞上片起始指出時節為暮春，一葉蘭芽始發，其馨香滿君家庭戶。蘭花吐芽，象徵薛氏得子，以蘭為喻其子，而「芝蘭玉樹」本就比喻優秀子弟。下片盛讚其子仙骨質秀，眉清目秀，神色清明。「自是」二句，反用典故，《晉書‧桓溫傳》：「桓溫……生未而太原溫嶠見之，曰：『此兒有奇骨，可試使啼。』及聞其聲，曰：『真英物也！』」，[註24] 桓溫幼時須試啼聲，方知為英物，而薛氏之子不須試啼聲，便曉其為人間英才，意謂薛子將來成就高於桓溫。此詞運用成語、典故得宜，亦切合人事，為一首簡短而妙極之壽詞。

十一、〈最高樓〉

衛生行之，少流寓兵革中。既長，始知讀書，其立志剛，通道篤，而苦貧。年饑，諸幼滿前，雖併日而食不卹也。暇日，與賓友飲酒賦詩為樂。余既嘉其有守，喜為稱道。於其始生之日，作樂府以歌詠之，俾觀者知吾行之為人矣。

〔註24〕見〔唐〕房玄齡等撰、楊家駱主編《新校本晉書》（臺北：鼎文書局，1976年），頁2568。

> 貧而樂，天命復奚疑。兒女聚嬉嬉。東村邀飲香醪嫩，西
> 家羞饌蕨芽肥。把年華，都付與，錦囊詩。　白髮青衫，
> 是人所惡。金印碧幢，是人所慕。顧吾道是耶非。山妻解
> 煮胡麻飯，山童自製薜蘿衣。問人生，須富貴，是何時。（卷
> 7，頁21～22）

由詞序可知，此闋爲嘉勉爲行之而作。首句便言雖貧而樂，天命如此，
不須疑。有兒女成群嬉戲，有鄰居邀飲醇酒、共食蕨芽，頗令人心願
意足。幽居歲月，不妨吟詩賦詞渡過青春年華。下片指出人皆惡年老
無功名，共慕高官厚祿，然則須堅持信念，食有妻子所煮之胡麻飯，
衣則有童製薜蘿衣，人生何須富貴？

　　此闋嘉許行之，亦自許不應爲富貴功名所動，甘於平淡生活，隱
居生活，食雖非山珍海味，亦可飽餐，衣非華服足以蔽體即可，「薜
蘿衣」指隱士之服裝，表歸隱之志堅定，又有妻子成群，享天倫之樂，
此生足矣，故言「問人生，須富貴，是何時。」此闋克己亂世避隱，
滿足於山林閒適，頗顯恬淡灑脫。

十二、〈蝶戀花〉

衛生襲之生朝，遯菴兄作歌詞以壽之。余獨無言，生執巵酒堅請
不已，勉用兄韻以答其意。

> 點檢東園花發未。蝶繞芳叢，馥馥香浮藥。買酒酬春君有
> 地。不妨日涉聊成趣。　身世虛舟元不繫。浮利浮名，
> 是甚閒情味。花下一杯方得意，人間萬事宜姑置。（卷8，頁
> 15～16）

由詞序可知此闋爲賀衛襲之生朝而作，是爲壽詞。上片寫東園之景，
爲探花開與否而入園，見蝶繞花叢飛，聞花蕊香馥馥，前三句以視覺、
嗅覺摹寫東園。「君有地」應指東園爲襲之所有，二段於園中爲襲之
慶生，買酒狂飲酬春光，不妨日日於此留連聊增意趣。下片轉回自身
感受，感嘆生於亂世，身世如不繫之舟，四處漂泊，不識虛浮名利之
情味。結語又轉回詞旨，壽襲之生辰，與之共勉：人間萬事（應指名
利）應且擱置，花底須爛醉，得意且盡歡。

　　襲之乃二段至交，故無應酬之語，不落龜齡椿壽之陳套，此闋雖名壽詞，然成己用以勉志抒懷，以東山之志互勉，浮名浮利不動於心，又抒漂泊身世無奈之情，詞人由於家國變動，不得已過浮萍生涯，故借詞寓身世之感。

　　自古有云，壽詞最難，譬如《樂府指迷》嘗述：「壽詞最難作，切宜戒壽酒、壽香、老人星、千春百歲之類。須打破舊曲規模，只形容當人事業才能，隱然有祝頌之意方好。」〔註25〕《詞源》亦曰：「難莫難於壽詞。盡言富貴則塵俗，盡言功名則諛佞，盡言神仙則迂闊虛誕。當總此三者而為之，無俗忌之詞，不失其壽可也。松齡龜鶴，有所不免，卻要融化字面，語意新奇。」〔註26〕由前賢之語觀諸二妙壽詞，其作為佳品。如壽張信夫生辰，不言富貴功名，神仙虛無，打破俗套，只形容張氏當年氣度，「想平生、豪氣尚依然，衝星斗。」（〈滿江紅〉臘盡春來），無壽酒、壽香以賀，只有特別之壽禮：「挽山河、勝槊入金尊，為君壽。」，想像新奇，此亦窺知克己性豪爽，方能有此語。又如成己壽衛襲之生朝，上片寫景，下片呼友高歌牛飲以盡歡，「大都是醉，三萬六千場。遇有酒，且高歌，留住青春住。」（〈驀山溪〉杏花半吐），此闋亦無落松齡之舊規模，然壽襲之情真意切諸語，尤有可取。

　　二段祝賀詞除盡祝福之意，猶用於互勉，譬如「怕他時、富貴逼人來，妨高臥。」（〈滿江紅〉壽衛生衡之。春色三分。）以勿貪富貴，堅持高臥隱居之志，與衡之互勉，亦與弟成己共勉，「不須談笑話功名。青山高臥待昇平。」（〈浣溪沙〉壽菊軒弟。白髮相看老弟兄。）潛居生涯，甘於躬耕，「況人生自有，安排去處，須富貴，何時有。……鋤犁自把，山田耕罷，雙牛隨後。」（〈水龍吟〉壽舍弟菊軒。天高秋氣初清。），安於澹泊生活，認為天命如此，不須富與貴，二段固窮

〔註25〕沈義夫《樂府指迷》，見《詞話叢編》卷一，頁282。
〔註26〕〔宋〕張玉田撰、夏承燾注校：《詞源注》（臺北：木鐸出版社，1988年），頁28。

恬淡自適，例如「貧而樂，天命復奚疑……問人生，須富貴，是何時。」
（〈最高樓〉略序。貧而樂。）

　　另亦以祝賀詞抒時運不濟，落拓之際遇，如「休嗟事業違人些」
（〈滿江紅〉壽衛生衡之。春色三分。），感嘆漂泊身世，如「身世虛
舟元不繫」（〈蝶戀花〉略序。點檢東園花發未。）。二段胸有憂憤之
氣，家國之愁，藉酒澆之，比如「四海干戈猶未定，此身底處安藏。
醉中聞說有真鄉。便從今日數，三萬六千場。」（〈臨江僊〉李山人壽。），
又如「呼取麴生來，把閑愁一時分付。大都是醉，三萬六千場。」（〈驀
山溪〉衛生襲之壽。杏花半吐）。段氏兄弟祝賀詞，除祝賀稱頌以外，
寄家國身世之感，復重申不事異主幽棲之志，其貞節自許之精神，令
人感佩。

第三節　詠　花

　　天生萬物，隨春秋代序，而有草木衰榮。詞人見花開，隨形以
賦，見花落引悲愁；詞人以花寫情，借花寓意，故讀其詠花詞，可
以窺見作者澎湃情思。本節將探析二妙愛花之心，惜花之舉，感時
之情。

一、〈滿江紅〉

　　遯菴主人植菊階下，秋雨既盛，草萊蕪沒，殆不可見。江空歲晚，
霜餘草腐，而吾菊始發數花，生意淒然，似訴余以不遇。感而賦之。
因李生湛然歸，寄菊軒弟。

> 雨後荒園，羣卉盡、律殘無射。疏籬下、此花能保，英英
> 鮮質。盈把足娛陶令意，夕餐誰似三閭潔。到而今、狼藉
> 委蒼苔，無人惜。　　堂上客，頭空白。都無語，懷疇昔。
> 恨因循過了，重陽佳節。颯颯涼風吹汝急，汝身孤立應難
> 立。謾臨風、三嗅繞芳叢，歌還泣。（卷7，頁5～6）

自題序得知此闋創作緣由。克己於階下種菊，近來秋雨頻落，敗草滿
園。歲晚時分，見草蕪腐臭，而菊竟放數朵，生意淒然，如訴詞人時

不我與之遭遇。詞之上片「律殘無射」點明季節，古有十二律，無射律對應季節，應爲秋季九月。疏雨過後，花草盡蕪之景。群卉「盡」，更顯荒園之無荒，群芳之凋零殘敗，而大雨後，籬下菊花竟能存，保有「英英」氣概不凡之貌，有不隨俗之資質。克己有意將群卉與菊花對比，突顯出菊花非俗之特質，強調菊一枝獨秀。以下以人寫花，屈原與陶淵明均有愛菊之作，招來一對英魂，乃爲反襯。一把黃花便能使陶淵明滿心歡忭，而高潔之屈原夕餐食秋菊，兩人愛菊、惜菊之甚。如今菊花凋殘，卻無人疼惜，更教人同情。

下片轉到作者本身，「堂上客，頭空白。」爲克己自狀形貌，克己歷經亡國慘事，天涯漂泊，而今歲月不饒人，詞人鬢髮斑白，垂垂老矣，年屆暮年，卻一事無成，故謂「頭『空』白」。克己無語思曩昔，而「曩昔」包括對故國之思念，下片「堂上客」四句，飽含克己身世浮沉之感。詞人恨韶華蹉跎，已過賞菊重陽佳節，故對菊云：「颯颯涼風吹汝急，汝身孤立應難立」，可見克己對黃花處境，甚是擔憂。由於此詞贈成己，對菊之語，亦可解之爲對弟之勉勵，盼其能效菊，保有英英鮮質，潔身自愛。「謾臨風」三句，克己迎金風，留連菊叢，貪嗅其芬芳，而花已狼藉委地，詞人猶依戀徘徊於其中，可見克己愛菊之甚，而「歌還泣」，爲菊悲歌，亦爲己身遭遇哀泣。

詞中詠菊，讚美黃花不畏風雨，依然傲立群英，有不俗之姿，高潔之志，而克己以菊自況。元朝點燃烽火，大肆屠略，掀起腥風血雨，而克己遯世林泉，不隨流俗。其人便似九花，能保「英英鮮質」，而今「頭空白」如秋菊之「狼藉委地」，克己惜花亦自憐，故《蕙風詞話》評此闋：「節韻以下，情深一往，不辨是花是人，讀之令人增孔懷之重。〔註27〕」況氏之語甚是。此闋詠菊，非純吟賞，而是聯繫其高潔之質，借菊自比，故難辨孰是花孰是人，讀之更洞悉克己心中之痛，對故國之懷念。

〔註27〕〔清〕況周頤、吳興國輯注：《蕙風詞話輯注》（南昌：江西人民出版社，2000 年 10 月）卷 3，頁 130。

二、〈江城子〉

牡丹

> 百花飛盡彩雲空。牡丹叢。始潛紅。培養經年，造化奪天
> 功。脈脈向人嬌不語，晨露重，洗芳容。　　卻疑身在列
> 仙宮。翠帷重。瑞光融。爍爍紅燈，間錯綠蟠龍。醉裏天
> 香吹欲盡，應有悟，夜來風。（卷7，頁12）

此闋詠牡丹，抒隱逸生活賞花之趣。首句「百花飛盡」點明已是暮春時節，牡丹花開遲，群芳盡謝牡丹「始潛紅」，以百花與牡丹對舉，突顯牡丹之特別。次句解釋牡丹花開時之因，「培養經年」，經年細心照料，牡丹終於吐芳蕊，展丰姿，而牡丹花容巧奪天工，詞人對牡丹之美讚嘆不已。拂曉時分，晨露重，似洗牡丹花容，而牡丹眼神含情，羞怯默默不語。下片將牡丹擬人化，彷彿一位荳蔻少女立於晨露之間，見人嬌羞不語，眼眸卻含情，塑造牡丹清純可愛之形象。

　　黎明時刻，牡丹嬌媚含情，使詞人懷疑自己在仙宮，彷彿見「翠帷」、「瑞光」等仙境之物。「爍爍」二句，形容牡丹花開燦爛如閃爍燈火，紅花有綠葉陪襯。醉裏卻聞牡丹香馥馥，方悟，夜有風，飄送牡丹馨香。

　　詠牡丹之句，含情脈脈，向人不語，生動貼切，牡丹形貌艷麗，而夜裡又聞其芬芳，以視覺、嗅覺描寫牡丹，曲盡牡丹美澤鑑人之特色。而「仙宮」、「天香」句，突顯牡丹超俗不凡之形象。此闋無援古據典，亦無內蘊，然詠牡丹，擬人法運用得宜，鍊字造句，別出心裁，雖無所寄託，然其惜花之情，真摯動人，猶是佳品。

三、〈浪淘沙〉

惜花

> 好箇杏花時。只怕寒欺。東君無意惜芳蕤。雨橫風狂都不
> 管，盡被禁持。　　瘦損一分肌。著甚醫治。一天春恨沒
> 尋思。怎得丁寧雙燕子，說與春知。（卷8，頁17）

起句便開宗明義點出所詠之物，杏花開好，一個「好」字，將杏花之

美勾勒出來，花開爛漫，只恐「寒欺」，杏花開盛，只怕冷霜寒風相欺。春神又無憐香惜玉之心，不管風狂雨疏，任杏花受風雨摧殘。雨打風吹，杏花顯病容，如何醫治？杏花殘，引春恨，成己反覆思量，如何叮嚀雙燕子，將風雨摧花事，告知春神，好叫風止雨停。

此闋只用一個好字，形容杏花開繽紛，其意非在詠花，「惜花」方為題旨，詞人唯恐花受凍寒欺，擔憂之事竟成真。「雨橫」二句，言杏花飽受風霜，杏花憔悴欲謝，此景入詞人之眼，甚是焦心，詞人代杏花陳情，尋思交代雙燕說與春知，莫再雨摧杏花。詞人愛花之舉，惜花之情，呼之欲出，「怎得」二句，想像新奇，構思巧妙，風格空靈，不失為一清新好作。。

四、〈朝中措〉

偶出見牆頭杏花，喜而賦之。

> 無言脉脉怨春遲。一種可憐枝。最是難忘情處，牆梢微露些兒。　　十分細看，風流卻在，一半開時。政要東風抬舉，莫教吹破胭脂。（卷8，頁17）

杏花開，探出牆頭，偶被成己見，詞人喜之為其賦。牆稍微露一枝杏花，雖只有一枝卻嬌媚動人，且杏花含情脉脉，似怨春遲，杏花明艷，教成己難以忘情。難忘情，於是留連不去。

成己有情見杏花，杏花亦含情脉脉，實因有情人見物皆含情，物為作者感情之投射。愛花，因此一枝足娛成己意，故曰：「最是難忘情處」，難忘情開啟下文。無法忘情，於杏花枝下，徘徊細看，覺含苞欲放「半開時」，最具風流韻致，請「東風抬舉」，二句，為杏花請命、求情，央請東風莫吹得花殘。成己愛花之心，惜花之舉，於焉畢現。此闋雖短，僅九句四十九字，卻寫之酣暢淋漓，波瀾時起，殊為妙作。

五、〈江城子〉

東園牡丹盛開，二三子邀余飲花下，酒酣，即席賦之。

> 水南名品幾時栽？映池臺，待誰開？應為詩人，著意巧安

排。調護正須宮樣錦，遮麗日，障飛埃。　　曉風吹綻瑞
雲堆。怨春回，要詩催。醉墨淋漓，隨手灑瓊瑰。歸去不
妨簪一朵，人也道，看花來。（卷8，頁8）

由題序可知東園牡丹花開艷麗，因此兩三好友邀成己，於花下共飲，
酒酣耳熱之際，賦詞以記。水南，爲地名，在洛陽附近，自古以來有
「洛陽牡丹甲天下」之美譽，成己言東園牡丹爲「水南名品」，意謂
東園牡丹比洛陽牡丹更爲明艷，是故，「二三子邀余飲花下」，詞人間
接說明東園牡丹之美。「映池臺」四句牡丹花通曉人意，詞人遊賞時，
便盡展芳顏，牡丹花盛映池臺，牡丹爲詩人「著意巧安排」，待其遊
賞時，便齊放，牡丹嬌豔具靈性，自不與俗花同。牡丹可愛，成己憐
之，故以爲須用「宮樣錦」爲其遮日幛塵埃。曉風吹牡丹花盛，開似
彩雲堆，牡丹似怨春歸，希望詩人寫詩相催，讓花開盡。成己醉時隨
意提筆，揮灑成佳句，歸去時，不妨頭簪牡丹花，人便知我不負春光，
看花去也。

　　此闋可與「山英似與遊人約，盡放浮雲一夕開。〔註28〕」二句互
看，詩人彩筆，賦與牡丹生命，花有其意志，與作者似有靈通，故待成
己至，方才綻放，更嬌嗔「怨春回」，要求詞人以詩相催。成己善用擬
人法，使詞更空靈生動。而「調護」三句，更見作者愛花、惜花心切，
不惜以「宮樣錦」護之。成己賞花意猶未盡，歸去仍要簪一朵，足見戀
牡丹之深。全詞記與友遊賞東園牡丹，少用典故，亦無寄託，然而以擬
人法寫牡丹，活潑有趣，節奏輕快，爲一清新可喜之作。況氏對此詞亦
有佳評，其曰：「前調東園牡丹花下酣酒即席賦之云：『歸去不妨簪一朵，
人也道，看花來。』騷雅俊逸，令人想望風采。」〔註29〕

　　克己詠菊，見黃花雖受風雨摧殘，亦能保有英英鮮質，讚美菊花
高潔之志，而詞人以菊自況，自比貞潔之人品。亦以菊之境遇砥礪胞
弟，如「颯颯涼風吹汝急，汝身孤立應難立。」〈滿江紅〉略序。雨

〔註28〕段成己〈鷓鴣天〉詞（上巳日陪遯菴先生遊青陽峽四首之一。瀧瀧春
　　　江走怒雷。）下片。見《二妙集》，卷8，頁11。
〔註29〕見《蕙風詞話輯注》，卷3，頁130。

後荒園。）勉勵其應效菊花，縱使身處亂世，亦應持節自愛。二妙詠花詞除上闋有深意，其餘較少寄託，純屬詠花、惜花之屬，然則造語清麗，風格清新雋永。由詠花詞可知，詞人幽隱山泉，不慕名利，心境安然淡泊，悠然自適。

第四節　酬　贈

二段伯仲不仕元朝，雙雙隱於龍門山，遁跡山村，與當地好友集結詩社，時相酬答和韻。摯友相酬答，內容豐富，或述志，或抒懷，或贈別，皆有所寄託，由酬贈之詞，管窺二人思想感情。茲分述如次。

一、〈大江東去〉

次韻答彥衡。

> 無堪老嬾，喜春來蔬筍，勸加餐食。底事東君留不住，忙似人間行客。憂喜相尋，利名羈絆，心自無休息。不如聞早，付他妻子耕織。　門外柳弄金絲，落花飛不起，東風無力。濁酒一杯誰送我，歡意都非疇昔。致主無心，蒼顏白髮，敢更希前席。功名蠻觸，何須千里追北。（卷7，頁7）

開頭點明時節為暮春。無關老或嬾，春來蔬筍鮮嫩，喜之，故多加餐食。問春神因何留不住，忙碌如人間匆匆過客。感慨憂喜連續不斷，若是受名利羈絆，心自無寧。不如趁早，歸家與妻子共耕織。繼之，寫晚春之景，東風無力，落花黏地不起，門外柳樹垂條。誰能送我一杯濁酒，歡樂之情已非舊。今已垂暮，指不敢希冀功名，輔佐君上。而功名便似蝸牛上之兩角，不足爭。

上片開頭情緒由歡喜，隨春去，愁漸生，感慨亦深，克己以為名利縈心，心為累，不如歸隱自躬耕。下片寫春殘落寞之情，「落花飛不起」、「東風無力」，凸顯克己心情低落，暗生愁。而今有誰共酌酒，「濁酒」句顯詞人孤寂，懷囊昔，覺歡情非舊。如今老去，無心致主輔政，又何須為小利功名而爭。克己傷時有垂老之嘆，其性情恬澹，

不求功名利祿，自是逸人之圭表，詞情由喜而悲，風格哀婉，爲述志表懷之佳品。

二、〈鷓鴣天〉

彥衡諸君皆有和章，因賦仍韻以寫老懷。

不是秋來懶上樓。龍鍾詩骨不禁秋。舊歡去我如天遠。新恨撩人似髮稠。　空咄咄，漫悠悠。老來終是少風流。千金買笑佳公子，醉臥瓊樓不知愁。（卷7，頁16）

由題序可知，與彥衡諸君相酬答，故賦此詞。此闋寫老懷，上片起首二句便塑造克己老態龍鍾之形象，非因秋季懶上樓，而是老骨不盡秋催殘，以下感嘆舊歡遠，新恨生，似又憶起昔日之歡，而今頓生黍離之恨。作者垂老，空感歎歲月逝悠悠，少時風流今已老，不復風流。

此闋有遲暮之慨，起首二句，刻畫自己年老體衰，行動遲緩不靈活，「不禁秋」一詞，老態畢現。詞人雖隱，心猶存幽憤，舊歡離我千里之遙，新恨稠密復撩人，作者陷於嘆舊歡、愁新恨之情緒中，不能自已。光陰已逝難再回，莫怪克己「空咄咄」，結尾以「佳公子」跟自己對比，佳公子年少風流倜儻，而自己年老蓬頭歷齒；佳公子不知愁，意謂自己如今盡識愁滋味。舊歡、新恨並舉，佳公子與自己相對，反襯出克己年紀老大，歷盡滄桑。

三、〈鷓鴣天〉

和答尋正道。

襯步金沙村路遙。歸來羞費楚詞招。蜂粘落絮行池面，蝶避遊絲過柳橋。　方外友，仗誰邀。定於驢上作推敲。窮愁正要詩料理，莫問春來酒價高。（卷7，頁18）

此詞上片起始二句寫自己漂泊生涯，雙足踩金沙，行過遙遠之村路，楚懷王客死異鄉，屈原作辭爲之招魂，今歸來，無須他人爲自己寫詞招魂，「蜂粘」二句寫景，蜜蜂黏柳絮飛過池面，蝴蝶飛舞輕避游絲，已過柳橋。下片述己之志趣，「方外友」指如正道一般，同隱居又喜

賦詩句之友,「仗誰邀」,意謂志同道合不須邀,便會不請自來。次言
與友約定,於毛爐上作詩賦詞,詩酒不分,作詩須飲酒助興,不管春
來酒漲價,今朝有酒且醉今朝。

「蜂粘落絮行池面,蝶避遊絲過柳橋。」實為寫景佳句,詞人觀
察透徹,體物入微。下片寫與友相交,賦詩遣情之樂,實則以樂寫悲,
自「窮愁」二字窺知一二。克己遁跡山林,以詩酒過餘生,此為對世
俗消極之抗議,藉酒精麻醉自己,暫忘煩憂,自此闋可看出作者借詩
酒澆愁,心情之苦悶。

四、〈滿江紅〉

偶覩春事闌珊,謹用兄韻,以寫所懷。

點檢花枝,風雨外、雪堆瓊蠹。春去也、朱絲弦斷,鸞膠
難續。眼底光陰容可惜,舊遊回首尋無跡。對青山、一鍋
倚枯藤,灘聲急。　　人已老,身猶客。家在邇,歸猶隔。
縱語音如舊,形容非昔。芳草綿綿隨意綠,平波渺渺傷心
碧。到愁來、惟覺酒杯寬,人間窄。(卷8,頁2)

由題序可知,成己見春色蕭索而有感,於是用兄韻題詞以記。此詞上
片寫景,落花堆如雪,營造殘春蕭條意象。由殘春之景聯想昔日故遊,
光陰如一瞬,欲珍惜之,一回首,知交已零落,故有知音絕之嘆。正
憂戚,暫倚枯藤,卻聞灘聲淙淙去自急,於是,憂戚愈深。下片寫世
間險惡難行,故家在近處,亦不得歸,故人已老,身卻在他鄉。「縱語
音」二句,有賀知章〈回鄉偶書二首〉詩之一:「少小離家老大回,鄉
音難改鬢毛衰。」〔註30〕之意,然賀知章老大回鄉,成己卻有家歸不
得,惆悵更深矣。中國人自古有落葉歸根之觀念,認為長期居住在外,
終究要回返家園,身歿於家,魂方有歸屬。而克己已垂暮,猶不得歸,
心中悵然。芳草如茵,水波渺渺,愁眼見之,是一片傷心碧,人生到
頭來,愁緒滿懷,酒國世界自在寬敞,人間路倒是艱險,峻峭而難行。

〔註30〕見《全唐詩》,冊4,卷112,頁1147。

此闋寫景，如躍紙上，頗能營造春殘冷寂之氣象，嘆知音凋盡，哀婉動人，而「酒杯寬，人間窄」之強烈對比，更顯亂世兒女身不由己之悲。

五、〈大江東去〉

贈答楊彥衡。

> 暮年懷抱，對水光林影，欣然忘食。推手功名非我事，閒處聊為閒客。世故多虞，人生如寄，一榻容安息。鬢絲千丈，誰家機杼堪織。　三徑松菊猶存，誅茅薙穢，時借鄰翁力。酒滿芳尊山滿眼，此意無今無昔。平地風波，東華塵土，不到幽人席。興來獨往，溪南還又溪北。(卷8，頁4)

此闋為自抒懷抱之作，上片「暮年懷抱」三句，自述晚年隱居之況，對山光林影美景，陶醉其中，達「欣然忘食」之境，以下寫對人生之看法，言明自己人生之歸屬，功名輔國之事，皆與我無干係，我只願在閒處作一閒人，因「世故多虞」，你欺我瞞，世道黑暗艱險，不如高蹈遺世，蕭散山林。人生苦短，鳥安棲只需一枝，人一床足以容身，何須功名利祿。上片結尾二句「鬢絲千丈，誰家機杼堪織」，構思別出新裁，鬢絲猶愁思，愁思千丈，誰家機杼可織？

下片以蔣詡與陶淵明之典描寫自己幽居生活，家有松菊，剷除家園草薙，時借鄰翁之力。山滿眼酒滿杯，日日對青山復有酒，此生足矣，「平地風波」句以下，猶言自己與世隔絕，俗事風波，不到眼前，只悠閒獨來獨往。此詞成己認為人生如寄，事無可求，暮年懷抱只願「獨善其身」，遁跡山林，悠遊以終。詞直抒胸臆，文字質樸，風格恬淡，此詞可視為成己晚年述志代表之作。

六、〈江城子〉

幽棲追和遯菴先生韻。

> 昔年兄弟共彈冠。轉頭看。各蒼顏。千古功名，都待似東山。慷慨一杯風露下，追往事，敘幽歡。　晨霞翠柏尚

堪餐。養餘閑。未全慳。十丈冰花，況有藕如船。醉裏忽
乘鸞鶴去，塵土外，兩臞仙。（卷8，頁7～8）

此詞上片追憶往日歡情，首句回想當年兄弟二人準備出仕爲官，歲月
飄忽人自老，而今轉頭看，兩人皆蒼顏白首，以往豪情壯志，求千古
功名，如今只換得東山高臥。清風凝露下，不妨慷慨酌酒，追憶往事，
敍舊歡。下片寫隱居生活之自適，晨露可飲翠柏堪食，「養餘閑」二
句，意謂閒暇時間頗多，「十丈冰花」寫舟行之樂，醉裡迷濛中，忽
乘鶴去，做塵世外，「兩臞仙」。

　　此闋懷昔悵今，感歎青春年華逝去「各蒼顏」，彈冠之志未竟，
退而求其次遁跡山林。下片「晨霞翠柏尙堪餐」，表示物質生活不豐，
齋居蔬食，然自有其逸趣，幽悽自然有餘閒，閒時舟行，看十丈冰花，
藕如船，亦十分愜意，下片凸顯成己精神生活之充實。「醉裏忽乘鸞
鶴去」三句，指成己與兄雙雙遠遁於山林之間，與世隔絕，猶方外之
兩神仙。此闋先悲往日求仕，後詠隱居之樂，可見成己恬淡寡欲，不
慕功名，元世祖召之，不赴，其高古清貞之氣節，令人感佩。

七、〈大江東去〉

楊國瑞西行，兼簡仲宣生。

悲哉秋氣，覺天高氣爽，澹然寥沉。行李匆匆人欲去，一夜
征鞍催發。落葉長安，鴈飛汾水，怕見河梁別。中年多感，
離歌休唱新闋。　　暮雨也解留人，簷聲未斷，窗外還騷屑。
滿眼清愁吹不散，莫倚心腸如鐵。面目蒼浪，齒牙搖落，鬢
髮三分白。故人相問，請君煩爲渠說。（卷7，頁6～7）

由題序知，此闋爲送別楊、簡二人而作，上片起始點名時節爲清秋，
悲淒秋季氣息，天晴氣候涼爽宜人，空曠無雲。行人匆匆而去，征鞍
催促，要友人出發。此時長安落葉紛紛，鴈飛過汾水，怕見人在河梁
上送別。克己寫景構句皆製造離別依依之氣氛，連「落葉」、「鴈鳥」
都怕見「河梁別」，物猶如此，人何以堪？克己已屆中年，特別多愁
善感，故離歌莫唱新曲。下片黃昏雨落，雨打屋簷聲未曾間斷，雨似

乎也懂留人，窗外風蕭蕭。詞人滿眼離愁，任風也吹不散，莫說我心
腸似鐵剛。以下是克己交代友人之語，如今我面目蒼蒼，齒牙搖動，
鬢髮花白，老之將至，若有故人問起，煩請君爲我轉告現況。

　　整闋以清秋氣候、景物襯托離情之難捨，其中又有遲暮之慨，「面
目蒼浪」五句可呼應「親友面、一回相見，一回非舊」（〈滿江紅〉欲
把長繩），〔註31〕皆感傷物換星移，歲月催人老。此詞情調哀婉低迴，
令人不忍卒讀。

八、〈大江東去〉

　　寄衛生襲之。

　　　干戈蠻觸，問渠爭直有，幾何而已。畢竟顛狂成底事，把
　　　良心戕毀。生穴藤床，磨穿鐵硯，自有人知己。摩挲面目，
　　　不應長爲人泚。　　過眼一線浮華，辱隨榮後，身外那須
　　　此。便恁歸來嗟已晚，荒盡故園桃李。秋菊堪餐，春蘭可
　　　采，免更煩鄰里。孫郎如在，與君共枕流水。（卷8，頁3）

由題序可知，此闋贈衛襲之，寄友以抒懷。上片開頭以《莊子》典故，
說明功名無須爭，《莊子・雜篇・則陽》：「國于蝸之左角者曰觸氏，有
國於蝸之右角者曰蠻氏，時相與爭地而戰，伏尸數萬，逐北旬有五日
而後反。」〔註32〕功名便如蝸角之爭，得失之間，不必在意。求取功
名爲狂癲之行，並把良心泯滅。「生穴藤床」三句，比喻繼續閉門讀書，
終會爲人所知。「磨穿鐵硯」典出《新五代史・晉臣傳・桑維翰傳》。
晉桑維翰初考進士時，主司惡其姓，以爲桑、喪同音。人勸其以他法
求仕，維翰慨然，乃鑄鐵硯以示人曰：「硯弊則改而他仕。」終及進士
第。〔註33〕由此句見，衛生或落第，成己以桑維翰之事，勉勵襲之勤
學苦讀，終有所成，莫爲一次挫折而沮喪，「摩挲面目」二句，希望襲

〔註31〕見《二妙集》，卷7，頁5。

〔註32〕〔戰國〕莊周撰、〔清〕王先謙撰、沈嘯寰點校：《莊子集解》（臺北：
　　　　文津出版社，1988年）頁229。

〔註33〕其事見〔宋〕歐陽修撰、〔宋〕徐無黨注、楊家駱主編：《新校本
　　　　新五代史・晉臣傳・桑維翰》（臺北：鼎文書局，1979年），頁319。

之自愛，莫被他人挑毛病。下片起始三句，言浮華不過是過眼雲煙，且「辱隨榮後」，往往禍福同門，生死難料，故不須執著。「便恁歸來嗟已晚，荒盡故園桃李」二句，勸襲之早日歸鄉執教鞭，莫要放任桃李門生荒廢學業。歸來可採春蘭，餐秋菊，生活亦無虞，「孫郎」指孫山，倘若孫山猶在，亦會放棄功名，與君同幽居，共枕流水。

　　此闋成己表示功名不足取，浮華只過眼，詞人以此勸戒友人，元氏祖招成己爲平陽府儒學提舉，成己亦不赴仕。結尾「孫郎如在，與君共枕流水」，表示對世局溷濁不滿，故寧「枕流水」，整闋用點妥貼得宜，兼以議論與規勸，娓娓訴之以情理，語言質樸，風格樸拙，讀來平易親切。

十、〈大江東去〉

送楊國瑞西歸。

> 西風汾浦，鴈初飛，秋水渺茫無際。有底忙時來復去，泛若虛舟不繫。籬菊將開，村醪初熟，且住爲佳耳。笑言相答，簡中吏隱無愧。　　歲月不貸閑人，君顏非少，我髮白如此。好把金杯休去手，萬事惟消沉醉。日轉山腰，馬嘶柳外，歌闋行人起。憑高西望，相思目斷煙水。（卷8，頁3～4）

由題序可知，此闋爲送別楊國瑞而作，上片寫相送之情況，西風吹拂汾浦岸，秋水茫茫一片，無邊無際，鴈鳥初飛，成己爲烘托臨別依依之氛圍，塑造一片秋光凄清景象。詞人有時忙來忙去，與未繫之舟相彷。如今籬下九花將綻芳顏，村醪亦方釀成，要楊氏暫且留下，與之共享村醪並賞菊。「且住爲佳耳」，凸顯成己對故人之不捨。兩人笑言相對，楊生去意已堅，成己盼其「吏隱無愧」，雖居官而猶似隱者，堅持清高志節，不以利祿縈心。下片感嘆光陰似箭，歲月不饒人，君非朱顏，成己髮白，皆已老，此別何日再相會？故言莫放金杯，萬事沉醉唯有酒。日已下山腰，行馬於柳邊嘶鳴，曲終楊生別。成己登高西望故人，「相思目斷煙水」更添離愁幾分。此闋寫景述事，皆瀰漫淡淡哀愁，情調幽婉，爲贈別之佳作。

十一、〈鷓鴣天〉

上巳日會飲衛生襲之家園。（其二）

  媵酒償春笑二豪。題詩品物愧時髦。心如幽鳥忘機靜，身
似虛舟到處漂。 須富貴，是何朝。一杯聊慰楚人騷。
逢花堪賞應須賞，座有佳賓尊有醪。（卷8，頁13）

由題序可知，此詞作於上巳日，地點於襲之宅第，首句言以酒酬春
笑二豪，二豪當指克己與襲之，笑其賦詩品物愧一時英傑。次言自
己現況，心如幽鳥之靜，不存心機，淡泊無爭，此身則如不繫虛舟，
四處飄蕩。下片，言不須功名富貴，一杯酒聊慰屈原之憂思。人生
須及時行樂，有花堪賞則須賞，何況杯中有酒，座有佳賓，更要盡
歡。

  由二段之酬贈詞可知其曾應科舉，回憶當時叱吒考場：「聽一時
下筆，鏖戰文圍。」（〈望月婆羅門引〉略序。蹉跎歲晚。），且有豪
情壯志，欲輔佐君上，如「皇天如欲治，舍我復誰耶。」（〈臨江僊〉
略序。白首老儒身連蹇）。然而，金元移祚，二段以氣節為重，相偕
歸隱山林，並視功名富貴為心之累，蔑視之，譬如：「憂喜相尋，利
名羈絆，心自無休息。……功名蠻觸，何須千里追北。」（〈大江東
去〉次韻答彥衡。無堪老嬾）。「干戈蠻觸，問渠爭直有，幾何而已。」
（〈大江東去〉寄衛生襲之。干戈蠻觸。），「蓋世虛名何用」（〈望月
婆羅門引〉略序。長安倦客。），英才無路，遂選擇高臥東山，如「昔
年兄弟共彈冠。轉頭看。各蒼顏。千古功名，都待似東山。」（〈江
城子〉幽棲追和遯菴先生韻。昔年兄弟共彈冠。）、「推手功名非我
事，閑處聊為閑客。」（〈大江東去〉贈答楊彥衡。暮年懷抱。），並
視榮華為浮雲，「過眼一線浮華，辱隨榮後，身外那須此。」（〈大江
東去〉略序。干戈蠻觸。），二段堅不仕元，有持節之行，淡泊名利
之心。

  酬贈詞中亦有遲暮之歡，抒老去情懷：「青鏡裏、滿簪華髮，不堪
憔悴。」（〈滿江紅〉略序。光景催人）、「歲月不貸閑人，君顏非少，

我髮白如此。」(〈大江東去〉送楊國瑞西歸。西風汾浦。)、「休看鏡、
鬖髮如絲。」(〈望月婆羅門引〉略序。長安倦客。)、「星星鬢髮半刁
騷」(〈鷓鴣天〉略序。七字驪珠句法豪。)、「昨日青青雙鬢,今日星
星滿鏡,轉首歲華流。」(〈水調歌頭〉略序。人生等行旅。)。而人雖
老,心仍繫故國,懷曩昔,例:「舊歡去我如天遠。新恨撩人似髮稠。」
(〈鷓鴣天〉略序。不是秋來懶上樓。),又如「十載龍門山下路,夢
魂不到京華。」(〈臨江僊〉略序。十載龍門山下路),怕韶光逝去,「怕
流年不覺,鬢邊還透。」(〈滿江紅〉略序。料峭東風。)二段中年隱
居,當時青青髮,如今星星霜鬢,感於歲月流轉,不勝唏噓。

詞中撫今追昔,有家國之思,所謂「慷慨一杯風露下,追往事,
敘幽歡。」、「往事不堪重記省,舊愁未斷新愁又。」(〈滿江紅〉新春
敬用遯菴韻。料峭東風。)

又嘆浮萍生涯,故鄉近在咫尺,却如天遠,譬如:「人已老,身
猶客。家在邇,歸猶隔。」(〈滿江紅〉略序。點檢花枝),感嘆人世
忙亂多舛,身世漂泊,「有底忙時來復去,泛若虛舟不繫。」(〈大江
東去〉送楊國瑞西歸。西風汾浦。)、「世故驅人何日了,漂流不見津
涯。」(〈臨江僊〉略序。四十六年彈指過)、「身似虛舟到處漂。」(〈鷓
鴣天〉略序。殢酒償春笑二豪。)、「草草生涯斷梗漂」(〈鷓鴣天〉略
序。醱酒槌牛詫裏豪。)。

亦覺世路坎坷難行,故云:「到愁來、惟覺酒杯寬,人間窄。」
(〈滿江紅〉略序。點檢花枝)、「世故多虞,人生如寄,一榻容安息。」
(〈大江東去〉贈答楊彥衡。暮年懷抱。)人世多艱虞,不如遁跡山
水,一榻足以安息,何必多求。又批評時局,「紛紛四海正兵騷。」
(〈鷓鴣天〉略序。把酒簪花強自豪。)。

兵荒馬亂時代,二段選擇獨善其身,不事二主,遠離世俗塵囂:
「平地風波,東華塵土,不到幽人席。興來獨往,溪南還又溪北。」
(〈大江東去〉贈答楊彥衡。暮年懷抱。)、「白首老儒身連蹇,不隨
時世紛華。」(〈臨江僊〉略序。白首老儒身連蹇。)、「一枝笻,一壺

酒，寄真遊。」（〈水調歌頭〉略序。人生等行旅。）「把閑情換了，平生豪氣。致主安民非我事，求田問舍真良計。」（〈滿江紅〉略序。光景催人。）段氏兄弟潔身自愛，蕭散山林以度餘生，貞節之志明矣，無怪乎時人目之以「儒林標榜」。

第五節　感　興

　　段氏二妙深藏遠遁，隱居山村，或見天地萬物，或逢良辰佳節，而有深刻之感觸。因之以酣暢淋漓筆墨，或抒懷，或言志，情意真切，韻致高遠。

一、〈滿江紅〉

　　重九日，山居感興。

　　　　五柳成陰，三徑晚、宦遊無味。還自歎、迎門笑語，久須童稚。歸去來兮尊有酒，素琴解寫無弦趣。醉時眠、推手遣君歸，吾休矣。　　富與貴，非吾事。貧與賤，吾寧累。步東籬遐想，昔人高致。霜菊盈叢還可采，南山依舊橫空翠。但悠然、一點會心時，君須記。（卷7，頁6）

此闋應作於元定宗二年（1247），時段克己五十二歲。重陽節習俗多於此日相率登高、飲菊花酒、佩帶茱萸以避凶厄，克己於是日，想起陶潛，於是便請淵明英靈入詞。晉人陶潛於家門前植五柳，柳遂成陰，其返家園時已晚，見道路荒蕪，然松菊尚存，覺外出作官甚無趣，不如歸隱。克己由金入元，為持節堅不仕異朝，效淵明之隱逸山林。克己壯年幽居，而今遲暮，子孫滿堂，克己返家有童稚迎門，笑語盈盈，甚是欣慰。「歸去來兮」一詞取自淵明〈歸去來辭〉，回去吧！酒器裡尚有酒，無弦之琴亦有其樂趣。素琴，乃無弦之弦，是故，其趣不在彈琴，而是盡高雅恬適之興。克己招淵明英魂，酒酣欲睡，於是推手請淵明歸，想像豐富而新奇。

　　下片申己志，富裕與權貴不干吾事，我寧可為貧賤所牽累。於東籬下閒步，想淵明高上之志趣，以下脫自用淵明〈飲酒詩〉二十首之

五：「采菊東籬下，悠然見南山。此間有眞意，欲辯已忘言。〔註34〕」
菊開滿叢可採擷，南山依舊蒼翠，「但悠然、一會心時」，指克己能體
會眞意，「會心」則指與淵明心靈相通，故謂「君須記」，請淵明務必
謹記此異代知己。

　　淵明與克己有相似之背景，兩人皆生於動盪不安之時局，淵明值
晉宋移祚，克己生當金元易代，淵明選擇隱逸，而克己亦不仕，高舉
深藏，克己不僅「步東籬遐想，昔人高致」，亦步淵明後塵，遁世以
持節。此闋多用淵明之詩句，孺慕淵明之深，於此可見，克己以詞明
己志，不慕榮利，不求富貴，寧守拙以固窮，克己冰心高潔，令人欽
佩莫名，眞可謂古之逸民。

二、〈滿庭芳〉

　　山居偶成，每與文瀚二三子論文把酒，歌以侑觴，亦足以自樂也。
　　歸去來兮，吾家何在，結茆水際林邊。自無人到，門設不
　　須關。蠻觸政爭蝸角，榮枯事、不到尊前。應堪歎，清溪
　　流水，東去幾時還。　　此身何處著，從教容與，木雁之
　　間。算躬耕隴畝，在我無難。便把鉏頭爲枕，眠芳草、醉
　　夢長安。煙波客，新來有約，要買釣魚竿。（卷7，頁8～9）
觀詞意此闋應作於金元逐鹿中原，天下未定之時，故克己思前程。
上片首句便明言有歸隱之志，「歸去來兮」引用取自淵明〈歸去來
辭〉，歸去問，家何在？克己想像建構家園，於水際林邊蓋屋，其家
有疏林水光之色。詞人曰：「自無人到，〔註35〕門設不須關。」意味
與世隔絕，不問世事，自然金元如蝸角之爭，朝代更替，國勢榮枯，
皆與之無干係。以下詞鋒一轉，詞人幸得隱，清流自東流，心自閑，
淡如水。

〔註34〕逯欽立輯校：《先秦漢魏晉南北朝詩·晉詩》（北京：中華書局，1983），
　　　　頁998。
〔註35〕說無人到，題序又言「每與文瀚二三子論文把酒，歌以侑觴」，故「無
　　　　人」應指無世俗之人，詳見王步高主編：《金元明清詞鑒賞辭典》（南
　　　　京：南京大學出版，1989年）頁195。

下片自問自答，何處安身？答曰：「從教容與，木雁之間」，木雁典出《莊子·山木》，木以無所用，不受砍伐，因而得以長壽，雁以不能鳴叫，為主人所殺。〔註36〕詞人以此兩種境況，唯有處於有用和無用之間才能全生遠禍。故克己欲以中庸處世，得悠閒自得。歸去何以營生?克己自認躬耕隴畝，莊稼耕田對自己而言，非難事。鋤可為枕，眠於芳草，飲美酒，醉時夢長安，思故國。結尾設想與不求榮利之隱者有約，要買釣魚竿，共垂釣，度山居。

克己早在濁世紛爭中，萌生去意，欲歸於山林。此闋乃詞人設想幽居生活與環境，「蠻觸」三句可知克己淡泊，不求聞達之志；「便把」三句，可窺其率性灑脫之眞性情，而與煙波客有約，與「結茅水際林邊」呼應，可見隱居閒適之樂。許永璋贊克己詞：「克己之志趣，與淵明略同，其「歸去來詞」與淵明之〈歸去來辭〉似可後先媲美。」〔註37〕其言信然。克己，風節絕高類陶潛，此闋巧妙描述隱居生活，立意別出新裁，境界空靈，其人其作可與之平分秋色。

三、〈望月婆羅門引〉

癸卯元宵，與諸君各賦詞以為樂。寂寞山村，無可道者，因述昔年京華所見，以望月婆羅門引歌之。酒酣擊節，將有墮開元之淚者二首之一。

> 暮雲收盡，柳梢華月轉銀盤。東風輕扇春寒。玉輦通宵遊
> 幸，彩仗駕雙鸞。間鳴弦脆管，鼎沸鼇山。　　漏聲未殘。
> 人半醉、尚追歡。是處燈圍轂，花簇雕鞍。繁華夢斷，醉
> 幾度、春風霜鬢班。回首處、不見長安。（卷7，頁9～10）

此闋應作於元太宗十五年（1243），時段克己年四十八歲，金亡國已十載。由題序可知，克己與友於元宵節賦詞酬答。然而山村無可道者，故追述往日京華所見，於是塡此詞。此詞上片點出時間，述京華上元

〔註36〕語見《莊子集解》，頁167。
〔註37〕詳見王步高主編：《金元明清詞鑒賞辭典》（南京市：南京大學出版，
　　　　1989。）頁195。

節富麗熱鬧景象,暮雲盡收,月上柳梢頭,明月似銀盤轉動,東風輕吹春仍寒,「玉輦」二句,寫君主元宵遊幸,形容天子座車極奢華,側面點出昔日繁華氣象,「間鳴」二句,繁弦急管夾雜人聲鼎沸,燈山閃爍,寫昔日繁華,渲染歡樂氣氛。

下片寫深夜遊人如織不肯散,漏聲未殘,人已半醉,尚追歡不肯離去,到處繡轂花鞍,車水馬龍,克己以穠麗筆墨寫元宵燈會聲色之繁,為開啟下文:「繁華夢斷」,昔日繁華只一夜,曲終驚變,樂極生悲,頓生亡國之恨。此後天涯漂泊十載,「醉幾度」,國破之恨僅能以酒撫慰,「回首處、不見長安。」,更添得幾分愁。

此闋用反襯法,今昔對比,昔日繁華京華,而今是「寂寞山村」,記往日元宵遊賞之歡,卻寓家國之恨,發黍離之悲,句句心酸,哀婉動人,亡國之音哀以思,此為作者哀淒斷腸曲。

四、〈望月婆羅門引〉

癸卯元宵,與諸君各賦詞以為樂。寂寞山村,無可道者,因述昔年京華所見,以望月婆羅門引歌之。酒酣擊節,將有墮開元之淚者二首之二。

> 鳳城春好,玉簫金管恣遊盤。梅妝猶怯輕寒。一曲清平妙舞,掌上看回鸞。漸霓裳欲遍,翠斂春山。　　良宵易殘。歌別鶴、惜餘歡。眼底浮華自滿,塵涴吟鞍。瘦牛私酒,若真是、京東夫子班。身幸健、敢復求安。（卷7,頁10)

此詞上片追憶故國京華歌舞熱鬧之況。起句便言帝都汴京春好,絲竹管弦極盛,遊人如織恣歡情,遊城仕女怯微寒。看清平妙舞與掌上回鸞舞,霓裳羽衣曲欲畢,此時詞人抬頭見春山蔥翠。詞人感嘆韶華易逝,「良宵亦殘」,歌別鶴曲,珍惜所剩無幾之歡樂。當年元宵遊燈會之人,今若倖存,何能求苟安?

克己追憶曩昔京都汴梁繁華之景,以景寓情,追餘歡。上片極力渲染歡樂氣氛,營造富麗堂皇之景象,鍊字行文暗藏諷刺,「一曲『清平』妙舞」,金末時局已亂,朝綱敗壞,何來「清平」?「漸霓裳欲

遍」，霓裳羽衣曲演奏將竟，暗示玉簫金管聲將歇，金國祚不長，而霓裳羽衣曲本是唐玄宗所鍾情者，其後因玄宗沉迷聲色，引安史禍事，霓裳羽衣曲爲亡國之音，至此，克己諷意漸明。歲月飄忽，覺良宵苦短易逝，歌「別鶴曲」以傷感懷國，「惜餘歡」句，有無限悵惋。「眼底浮華」二句，浮名虛位皆是空，怕俗世沾染塵污，故飄然遁世，作「儒林標榜」。而「身幸健」二句，蓋有「生不足歡」之慨。整闋追憶曩昔之歡，抒亡國之恨，句句悽楚，令人不忍卒讀。

五、〈江城子〉

甲辰晦日立春。

雞棲行李短轅車，馬如蛙。畏途賒。四十九年，強半在天涯。任使東風吹不去，頭上雪、眼中花。　甘泉宜稻復宜麻。近山宓。更宜瓜。明日新年，聞早健還家。報答春光猶有酒，傾白蟻，岸烏紗。（卷7，頁11。）

此闋作於元太宗十六年（1244）晦日（除夕），時段克己年四十九歲，金亡已十載。上片言天涯淪落之況。元代金祚，克己爲金代遺民，上片前三句寫自稷山避往龍門山之途，雞棲點明時間「日夕」，亦可指車小，亡國之民日夜騎乘鈍馬小車，畏路途遙遠，襯托出一個落寞行人之身影。四十九年，泰半天涯漂泊，任東風一吹不去，頭上如雪之髮絲、眼中花。下片爲誇讚家鄉水質甘甜，可種植糯米和麻，近山谷之處，更適宜種瓜。明日爲新年，希望早點返家。結尾三句，爲想像之詞。還家之行，春光作伴，卮酒醇美，任紗帽自攲，傾壺觴。

　　此詞塑造一個寂寞旅人形象，鈍馬拖短轅車，駝載一位失意人，此去天涯淪落路茫茫，故言「畏途賒」。四十九歲即大衍之慶（五十歲壽辰），孔子謂：「五十知天命」，詞提及「四十九」，暗喻天命既如此，且安之無悔。克己三十八歲幽棲龍門山，如今年將屆半百，故曰：「四十九年，強半在天涯」。昔日丁壯之年英氣風發，經歷十餘年流離，克己眼茫髮斑白，「任使東風」三句，無語寄東風，意在言外，幽怨之情立現。下片開頭寫故鄉水質甜美，物產豐饒，引思鄉之情。

家鄉甘泉宜種麻、糯米與瓜類。種瓜暗用「東陵瓜」典故,據《史記‧蕭相國世家》記載,秦朝東陵侯召平,秦亡後為平民,於長安城東種瓜為生,因所種的瓜甚美,世稱之為東陵瓜。﹝註38﹞後世因用其事以比喻棄官歸隱之生活。克己以種瓜暗指與東陵侯召平同,可歸隱躬耕自給,不食異朝俸祿。「明日新年」以下皆為設想之詞,異朝統治,還家無期,克己卻極度渴望新年可早返鄉,並想像歸途中,有青春作伴,尊酒芬芳籌春光,盡瓊漿、欹紗帽。下片於除夕特別時節,表現「思鄉心切」卻不得歸,只得想像歸途之歡樂,以想像之歡寄身世之悲。

六〈訴衷情〉

初夏偶成。

東風簾幕雨絲絲,梅子半黃時。玉簪微醒,醉夢開卻兩三枝。　　初睡起,曉鶯啼。倦彈碁。芭蕉新綻,徙倚湖山,彩筆題詩。(卷7,頁20)

由題序知,此闋乃初夏見物有所感,偶賦新詞。上片著意寫景,東風吹拂,雨絲絲似簾幕,此時梅子半黃,玉簪花於克己醉夢中悄悄綻放。下片始點明時間,清晨詞人方睡起,鶯鳥聲聲啼叫,彈碁已倦,移步倚湖山,見芭蕉葉新綻,喜之,故提筆賦詩以記。

夏雨絲絲如簾幕,譬喻巧妙,「梅子半黃時」,此句取自宋賀鑄〈青玉案〉詞(淩波不過橫塘路)下片:「飛雲冉冉蘅皋暮,彩筆新題斷腸句。試問閒愁都幾許?一川煙草,滿城風絮,梅子黃時雨。」,﹝註39﹞賀詞以之形容愁緒之多,克己以之點明時序,立意不同,卻各有巧妙之處,克己奪胎換骨,翻出新意。克己初覺,睡眼惺忪,見玉簪便以為花亦剛睡起,故曰:「玉簪微醒」,此句用擬人法,使詞生動活潑,

---

﹝註38﹞其事詳見〔漢〕司馬遷撰、〔劉宋〕裴駰集解、〔唐〕司馬貞索隱、〔唐〕張守節正義、楊家駱主編:《新校本史記三家注‧蕭相國世家》(臺北:鼎文書局,1981年)頁2017。

﹝註39﹞見周汝昌等撰:《唐宋詞鑑賞辭典》(上海:上海辭書出版社,2001年4月。)頁912。

因「倦」彈碁，故起而遊湖山，卻意外見芭蕉吐新葉，覺初夏生意盎然，清新可愛，故詩興便起。克己用典妥貼，渾化無跡，風格舒朗明快，不失爲一輕鬆可喜之碎金。

七、〈滿庭芳〉

齋居有感，繼邂菴兄韻。

> 鏖戰文場，橫揮筆陣，萬言一策平邊。春雲穩步，逸氣蓋賢關。致主堯虞堂上，眞儒事、直欲追前。回頭錯，閑中風味，一笑覺都還。　　百年都幾日，何須抵死，著意其間。尋一丘一壑，此固無難。遁跡月蘿深處，風吹夢、不到長安。渾無事，床頭睡起，簷日已三竿。（卷8，頁5）

詞之上片寫當年赴考場，登進士第之事。「鏖戰文場」三句，於試場上進行激烈筆戰，振筆直書，寫就萬言平邊策，成己少年得志，二十六歲便登科，上片開頭三句，可見其揮灑文墨之豪邁，及對自己才華實學之自負。「春雲」二句，寫成己平步青雲，逸氣卓然出眾，有輔主「致君堯舜上」之志，「眞儒事」二句，意謂詞人有輔國治民之才，能力直追前代名臣。壯志因金元移祚而灰飛煙滅，唯有遁世空喟嘆，悲極還笑，故云：「回頭錯，閑中風味，一笑覺都還。」下片感慨時光如流急飛逝，萬事不須執著，尋隱居之所無難，遁跡如蘿月之所，長安不入夢。幽棲生活清閒無事，睡起日已上三竿。

此闋成己思及往日報國輔政之志，但元朝代立，成己堅不仕異朝，有奇才，無用處，心灰意冷，無所用心，感慨深沉，自「百年都幾日，何須『抵死』，著意其間。」可窺知一二。成己消極避世，遁跡山林，連故國都不入夢來，可悠閒睡至日上三竿，由壯志凌雲到心如死灰，足見金亡對成己打擊之大，成己於仕途與持節之間掙扎，詞人尊奉儒家「窮則獨善其身」，自放蕭散山水之間，然不能實現理想之苦難訴，憂憤靈魂於焉得見。

八、〈江城子〉

季春日，有感而作，歌以自適也。

> 百年光景霎時間。鏡中看，鬢成斑。歷遍人間，萬事不如
> 閑。斷送餘生消底物，蘭可佩，菊堪餐。　　功名場上稅
> 征鞍。退時難。處時安。生怕紅塵，一點汙儒冠。便甚歸
> 來嗟已晚，那更待，買青山。（卷8，頁7）

悠悠歲月只一瞬，成己感歎光陰荏苒，攬鏡自照，髮鬢已斑白，成己
一生漂泊天涯，歷盡滄桑，到頭來皆是空，故嘆曰萬事不如閑，此為
成己對人事興衰所引起之感傷。至於如何度過餘生，克己云春蘭可
佩，秋菊堪餐，不求豐裕物質生活。亂世兒女如何自我安頓，成己認
為若求功名，欲退萬難，隱居則安成己慶幸自己已幽居，故曰：「處
時安」。「生怕紅塵」二句，詞人怕沾紅塵，「一點」汙儒冠，可見其
高節清風，買青山更是強調歸隱之意堅決。

九、〈江城子〉

> 階前流水玉鳴渠。愛吾廬，愜幽居。屋上青山，山鳥喜相
> 呼。少日功名空自許，今老矣，欲何如。　　閑來活計未
> 全疎。月邊漁，雨邊鋤。花底風來，吹亂讀殘書。誰喚九
> 原摩詰起，添畫我，輞川圖。（卷8，頁7）

此詞上片描述隱居生活及其環境，成己居所階前流水潺潺，其聲如玉
珮，屋上之山蒼翠欲滴，山鳥似曉人意，雀躍相呼，故詞人「愛吾廬，
愜幽居」。以下感嘆少時自許之功名是空，如今垂老，又能如何。下
片寫遁跡生計，於月下捕魚，在雨落時耕鋤，清風徐徐花前讀書。流
水青山，山鳥明月，花間清風，此絕麗風景，如詩如畫，誰能喚起墓
地裡之王維，為我畫下眼前美景。

此闋描述隱居閑適之樂，連生計亦自有其逸趣，「月邊漁，雨邊
鋤」，突顯詞人浪漫情懷與恬適之樂，「愛」、「愜」二字，足以說明成
己對隱居生活十分滿足。往日濟時心，隨著元滅金，不得不消逝，故
自嘲「少日功名『空』自許」，可見作者於理想與現實中無法找到平

衡點，其怨其恨盡在「空」字得見。成己愜意幽居環境，突發奇想，欲喚九泉之下之王維，為龍門山隱居之所作畫，想像豐富，為詞平添趣味。此闋，用字質樸少用典，描寫隱居之樂，其中又抒發壯志未酬之憾恨，以平淡之筆抒深怨，構思巧妙。

　　觀二妙感興詞，中有追憶當年應試之事：「鏖戰文場，橫揮筆陣，萬言一策平邊。」（〈滿庭芳〉略序。鏖戰文場），自恃英才直追前賢，「致主堯虞堂上，真儒事、直欲追前。」（同上闋），後金元易代，怕功名俗事有辱志節，「生怕紅塵，一點汙儒冠。」（〈江城子〉略序。百年光景霎時間。）故堅持深藏遯隱，中庸處世，躬耕亦可自足，「此身何處著，從教容與，木雁之間。算躬耕隴畝，在我無難。」（〈滿庭芳〉略序。歸去來兮。）既隱，遂不問俗事，故「蠻觸政爭蝸角，榮枯事、不到尊前。」（〈滿庭芳〉略序。歸去來兮。）。

　　詞抒身世漂泊，如「四十九年，強半在天涯。」（〈江城子〉甲辰晦日立春。雞棲行李短轅車。）、「南北東西，泛若水中槎。」（〈江城子〉元日有感。數椽茆舍大如蝸。），世亂紛紛，不知何處可安身立命，「千萬縷。人間沒個安排處。」（漁家傲〉正月十四日夜有感而作。燈火蕭條春日暮。）又自嘆滄桑人生，抒垂老情懷，「任使東風吹不去，頭上雪、眼中花。」、「鏡中看，鬢成斑。歷遍人間，萬事不如閑。」（〈江城子〉略序。百年光景霎時間。）

　　二妙遯隱龍門，與世隔絕，心境之恬適，於焉可見，「風吹夢、不到長安。渾無事，床頭睡起，簷日已三竿。」（（〈滿庭芳〉略序。鏖戰文場））。二段效淵明高志，不慕功名，自放山水之間，優遊自適，譬如，「富與貴，非吾事。貧與賤，吾寧累。步東籬遐想，昔人高致。」（〈滿江紅〉重九日，山居感興。五柳成陰。）、「悠然處。是中真趣。」（〈點絳唇〉暮秋晨起書所見。愛酒淵明）

第六節　詠　春

　　《文心雕龍・明詩》:「人稟七情,應物斯感,感物吟志,莫非自然。」〔註40〕劉勰言人秉受喜、怒、哀、懼、愛、惡、欲此七種自然情感,又接觸世界萬物之變化,因而有所感,感慨既生,進而發爲吟詠,乃屬自然。四時遞嬗,景物枯榮蕭條,往往牽動騷人墨客千愁萬緒,克己乃性情中人,見春來春逝,心中有感,故題詞以記之。

一、〈漁家傲〉

　　送春六曲之一。
　　　龍尾溝邊飛柳絮。虎頭山下花無數。花底醉眠留杖屨。花
　　　上露,隨風散漫飄香霧。　　老去逢春能幾度。不妨且作
　　　風流主。明日不知風共雨。回首處,夕陽又下西山去。(卷
　　　7,頁 12〜13)

此詞先描述春景,與醉眠花間之閒情。龍尾溝邊柳絮飄飄,虎頭山下百花齊放,以溝邊山下春景,宣告東君降臨。花開繽紛,克己留連其中而忘返,酣飲醉眠花底,連杖屨皆留之。花上凝露,隨風飄香。克己感嘆到老還能經歷度春天,是以,韶光莫蹉跎,不如姑且作風流主。明日猶未知,或風狂雨驟,回首卻見夕陽又下西山。

　　述春景,如躍紙上,春臨大地,柳絮紛飛,百花競妍,如此春情,克己以酒酬之,醉眠花間,「花底醉眠」可見克己率性之一面。上片寫景傳神,柳絮百花春爛漫,以視覺摹寫之靜態之景,復以嗅覺增添春意,花露馨香隨風散,使春意益加盎然。而克己逢春就醉「花底眠」之舉,可知其幽居生活不拘小節,隨性而灑脫。

　　此詞下片抒情,焦點集中於詞人,克己感喟此生無多日,故發「老去逢春能幾度?」之嘆,故需惜光陰,作青春風流主。「明日不知風共雨」,是人生多舛之克己,對未來之存疑,經歷國破家亡,克己對明日惶惶不安,或風?或雨?風雨交加,卻無晴日,由此句知,詞人

〔註40〕詳參劉勰著、王更生注譯:《文心雕龍讀本》上篇 (台北:文史哲出版社,1999 年 9 月。) 頁83。

時懷忐忑之心。回首處，只見夕陽下西山，惆悵漸生。唐李商隱云：
「夕陽無限好，只是近黃昏。」〔註41〕夕陽美雖美矣，卻是一天將
盡，而克己已屆暮年，此生終如夕陽將落，感觸愈深，發垂老之嘆。
克己戀春感時，恐年華將逝，又見落日，倍歎傷懷，落寞之情溢於言
表。

二、〈漁家傲〉

送春六曲之二。

> 不是花開常殢酒。只愁花盡春將暮。把酒酬春無好句。春
> 且住。尊前聽我歌金縷。　　醉眼看花如隔霧。明朝酒醒
> 那堪覷。早是閒愁無著處。雲不去。黃昏更下廉纖雨。（卷
> 7，頁 13）

「花開」意味春濃，作者殢酒不爲春濃，而是愁春暮花將盡謝。克己
欲留春住，把酒酬春，卻無佳句，唯有懇求春且留步，聽詞人歌金縷
曲。今日醉眼看花，如隔霧般模糊，看不眞切，辜負花開繽紛，卻又
擔心明朝酒醒，花謝「那堪覷」，而此擔憂、閒愁竟無處可託，正愁
時，烏雲不散，黃昏時分更落微雨。克己惜花心切，愁鎖眉間。

克己於春尚濃時，便憂春之歸，可見克己戀春情切，惜春之心於
「把酒酬春」、「春且住，尊前聽我歌金縷。」三句表露無遺，今日醉
眼看花眼朦朧，「明朝」句更洩露克己愛花惜春心切，作者生動描寫
惜花之舉，使讀者感受詞人戀春之深，此闋節奏疏快，不失爲一篇風
格空靈之佳作。

三、〈漁家傲〉

送春六曲之三。

> 春去春來誰做主。怨他昨夜江頭雨。把酒問春春不語。頭斕
> 舉。亂紅飛過秋千去。　　芳草淡煙江上路。鷓鴣聲裏斜陽。
> 風外榆錢無意緒。空自舞。如何買得青春住。（卷 7，頁 13）

〔註41〕見《全唐詩》冊 16，卷 539，頁 6149。

此闋意在留春，故時序已是暮春時節。此詞上片起首即用問句，春之去來，誰做主？把酒問春，而春靜默不語。嗔怨江頭昨夜雨急驟，因春欲歸，故頭嬾舉，不意卻見落花飛過秋千。詞之下片狀春歸向晚之景，江邊小路有芳草淡煙，鷦鴣鳥聲聲啼叫，已日暮，風吹榆莢於空中漫舞，春將去，克己惜春心切，突發奇想，故問「如何買得青春住」？

　　首句克己提問，春臨春歸誰能做主？把酒問春，春亦不語，此二句作伏筆，開啓下文。春欲盡，克己因春殘而心灰意懶，故頭「嬾」舉，情緒低落，卻見飛花飄過秋千，使春歸之愁更濃。此闋寫殘春之景，淡煙芳草，鷦鴣鳥啼，斜陽暮，榆錢空自舞，渲染春歸淡淡一抹愁，結尾與首句相應，先問春之去留誰決定，後問如何買得春住。作者善於寫景，營造春歸傷感氣氛，問春誰作主，如何買春住，設問巧妙，想像新奇，為一風格淡雅之作。

四、〈漁家傲〉

送春六曲之四。

> 一片花飛春已暮，那堪萬點飄紅雨。白髮送春情最苦。愁幾許。滿川煙草和風絮。　　常記解鞍沽酒處。而今綠暗旗亭路。怪底春歸留不住。鶯作馭。朝來引過西園去。（卷7，頁13）

此闋寫春殘之景，抒戀春不捨之情。飛花一片，點點紅似雨飄，宣告春已暮，「那堪」一詞惜春之意盡現，克己傷春懷愁已難遣，又思及自己年屆暮年，心情更低落，故云：「白髮送春情最苦。」，苦字使感時傷世之情畢露。以下自問自答，問愁緒有幾許，愁便如滿川煙草滋生，便似風絮飄散四處。此二句脫自宋賀鑄〈青玉案〉（凌波不過橫塘路）詞下片：「飛雲冉冉蘅皋暮，彩筆新題斷腸句。試問閒愁都幾許？一川煙草，滿城風絮，梅子黃時雨。」〔註42〕雖用前人句，然克

〔註42〕見周汝昌等撰：《唐宋詞鑑賞辭典》（上海：上海辭書出版社，2001年4月。）頁912。

己用字更爲精簡，切合詞意，問虛實答，使讀者感覺作者濃稠難解之愁意。

下片寫春深時晚，記得解鞍下碼買酒處，如今「綠暗」旗亭路，綠暗即綠濃、綠肥，代表夏將至，詞人正惱春已不多時，忽見鶯鳥飛過，恍然大悟：「怪底春歸留不住」，責怪鳥兒作馭，引春到西園去，此一聯想頗新奇，使詞生動活潑，平添趣味，亦使春歸之怨，溢於言表。克己感春盡，自覺垂垂老矣，又因生當兵荒馬亂，金元易代之際，身世滄桑，見春去，激起亡國之痛，感觸特多，更加難以釋懷。

五、〈漁家傲〉

送春六曲之五。

> 詩句一春渾漫與。紛紛紅紫俱塵土。樓外垂楊千萬縷。風蕩絮。欄杆倚遍空無語。　　畢竟春歸何處所，樹頭樹底無尋處。唯有閒愁將不去。依舊住。伴人直到黃昏雨。（卷7，頁13）

此闋寫殘春之景，抒惜春之情。率意賦詩句，春歸，萬紫千紅紛紛化作春泥，小樓外，楊樹垂條千萬縷，風吹柳絮漫天飛，克己倚遍欄干竟無語。下片寫尋春不獲，究竟春歸何處，克己樹頭數底遍尋春，而未果。春去愁仍在，伴人直到黃昏細雨落，亦不去。

興之所致，率性作詩，首句便使詞人瀟灑之形貌立現，落花紛紛零落化塵土，垂楊萬縷，風飄絮，作者著意刻畫春殘落寞之景，爲下片尋春作伏筆，而「欄杆倚遍空無語。」表示惜春之情，已無法用言語表達，情深只有「盡在不言中」。下片尋春，遍處不著，深化戀春、惜春之情。春歸，而因春滋生之閒愁卻揮之不去，自朝而暮，縈繞心頭。此闋寫春殘之景頗傳神，使人如親臨此地，情思動人，耐人尋味。

六、〈漁家傲〉

送春六曲之六。

> 斷送春光惟是酒。玉杯重捧纖纖手。檀板輕敲歌欲就。眉

黛皺。翠鬟暗點金釵溜。　　自笑而今成老膽。鶯花依舊
情非舊。楊柳自從春去後。誰抬舉。腰肢新知人瘦。(卷7,
頁13)

此詞上片寫只有酒能伴詞人度過春光,次句歌女唱曲飲酒之況。以酒
酬春光,歌女纖纖手重捧玉杯,與我勸酬,佳人翠鬟簪金釵,裝扮華
麗,眉微蹙,輕敲檀板,一曲將盡。下片睹物興情,愁囊昔。克己自
笑歷盡滄桑,而練就老膽,看如今春景依舊,情卻未能如故,自從春
歸楊柳瘦,卻無人關心。

克己敘述「重捧」玉杯,酣飲盡興,然而春逝,繁華夢斷。憶及
故國,金源春天之景與今略同,然而如今飽經風霜,物是人非,景在
情非舊,雖有「老膽」,依舊觸景傷情,悲從中來。春歸去,楊柳無
人關切,自是腰肢瘦,春歸如同國之亡,而詞人便似楊柳,憔悴損。
詞人傷春,追憶故國京華,感今懷昔,全詞情深哀婉,扣人心弦。

〈漁家傲〉送春六曲乃一組詞,是爲聯章體,吟詠春天井然有序,
春來春歸,克己表現戀春、惜春、留春之情。六闋互有聯繫,又各具
重心,漸次抒發感春之情,風格淒婉一致,克己運用聯章體技巧臻於
爐火純青。

由克己詠春詞得知,其人乃多愁善感者,送春六曲,旨在詠春,
如「龍尾溝邊飛柳絮。虎頭山下花無數。……花上露,隨風散漫飄香
霧。」(〈漁家傲〉送春六曲之一。龍尾溝邊飛柳絮。)、「一片花飛春
已暮,那堪萬點飄紅雨。」(〈漁家傲〉送春六曲之四。一片花飛春
已暮。)「紛紛紅紫俱塵土。樓外垂楊千萬縷。」(〈漁家傲〉送春六
曲之五。詩句一春渾漫與。)詞人以飛花與垂揚詠春之繽紛爛漫。

克己詠春之外,又愁春之將去,如「只愁花盡春將暮。……早是
閒愁無著處。雲不去。黃昏更下廉纖雨」(〈漁家傲〉送春六曲之二。
不是花開常殢酒。),因惜春,故欲留春住:「春且住。尊前聽我歌金
縷。」(同上闋)、「春去春來誰做主。……如何買得青春住。」(〈漁
家傲〉送春六曲之三。春去春來誰做主。)送春中帶有垂暮之嘆,「老

去逢春能幾度。……回首處，夕陽又下西山去。」（〈漁家傲〉送春六曲之一。龍尾溝邊飛柳絮。）、「白髮送春情最苦。愁幾許。滿川煙草和風絮。」（〈漁家傲〉送春六曲之四。一片花飛春已暮。）克己年歲已老，對春歸之景感慨特深，故愁緒綿連不斷。

詞中也有身世家國之嘆，譬如：「自笑而今成老膽。鶯花依舊情非舊。」（〈漁家傲〉送春六曲之六。斷送春光惟是酒。）思及自己滄桑經歷，自笑已練就老膽，然而春景依舊，家國卻不復存，故感傷不已。大抵，克己非僅詠春，詞另有寄寓，或感今懷昔，或有遲暮之嘆，或心懷身世之悲，六闋皆情溢於表，直抒胸臆，落紙如飛。

第七節　酬　神

克己兄弟金亡避世，遁跡於龍門山，躬耕自給，悠然自適。莊稼生活，春耕夏耘秋收冬藏，於秋季喜獲豐收，故與黎民百姓答謝神明一年之庇祐，舉辦迎送神之儀式。以下兩首爲克己記載民間迎送神之況。此節雖只二闋，自內容觀之，卻自成一類，故亦立節論之。

一、〈水調歌頭〉

迎送神二詞，爲劉潤之賦。（其一）

清秋好天氣，禾黍已登場。羣心思答神貺，吉日復良辰。神既來兮庭宇，颯颯西風吹雨，仙仗儼長廊。巫覡傳神語，出戶舞傞傞。　刲肥羜，瀝桂酒，奠椒漿。一年好處須記，此樂最難忘。風外淵淵簫皷，醉飽滿城黎庶，健倒臥康莊。夜久羣動息，風散一簾香。（卷7，頁2）

起句點明時間，清秋季節，天高氣爽，氣候宜人，此時禾黍穀物已採收完畢，農田收成豐足。克己與其他農民心存感激，群聚集思，欲謝神明賜與，終選定一吉日良辰，舉行酬神儀式。此時氣候風雨交加，神靈已降於庭宇。神靈既至，巫師便開始儀式，口中喃喃「傳神語」，其後更出戶，瘋狂跳起祭祀之舞。下片記載酬神之祭禮，以肥潤小羊、桂花釀製之酒與花椒漿液祭獻神明。一年豐收難忘之樂，需感激於

心,謹記神祇之庇祐。風中夾雜簫聲與淵淵鼓聲,城中之百姓皆醉酒飽足,之後醉臥於平坦道路上。結尾二句表示,夜深民眾乃各自歸家休息,此時西風吹散一簾穀香、酒香,曲盡身心皆足之態。

　　此闋寫酬神之緣由,過程,以及謝神之後,飽足之態。此闋營造快樂氛圍,渲染歡欣而滿足之情,詞眼為「樂」。酬神時,「颯颯西風吹雨」,巫師仍興致高昂,精神抖擻「傳神語」、「舞悵悵」,不為風雨所影響。繼之,寫民生富庶之情形,有肥潤羔羊、桂花釀酒、花椒漿液。今歲豐收,黎民歡樂之餘,以簫鼓配合祭禮,又滿城黎恕皆醉且飽,甚至醉臥街道,而至深夜興奮之情稍減,方「羣動息」。

二、〈水調歌頭〉

　　迎送神二詞,為劉潤之賦。(其二)

　　　　雙龍隱扶輦,千騎縱翺翔。云旄翠蕤摩蕩,遙指白云鄉。風馭飄飄高舉,云駕攀留無處,煙霧杳茫茫。小立西風外,似聽珮鏘鏘。　　暮天長,秋水闊,遠山蒼。歸途正踏明月,醉語說豐穰。但願明年田野,更比今年多稼,神貺詎能忘。均可多釀酒,吾復有新章。(卷7,頁2)

此詞起首為想像之詞,設想神仙降凡之情形,其所駕云霧似雕刻雙龍,遠看彷彿雙龍扶座車,座車上以翠蕤裝飾之旌旗於風中擺盪,神祇駕云馭風而去,無法挽留之,只見一片茫茫煙霧。而克己立於西風外,似乎聽聞神明身上所佩帶支玉珮鏘鏘作響。下片以三句描寫秋景,天高水闊山蒼蒼,飽覽麗景之後,月已高懸,心滿意足踏上歸途,醉語囔囔喃喃:「今歲豐收」。克己期盼來年穀物更豐,當然神靈賜予之恩未敢或忘,除祭禮愈盛,更可「多釀酒」,而克己亦承諾賦「新章」以謝神。

　　此闋承上而來,上片想像示現,述神祇下凡之排場,以及其神通廣大不可留之。但克己聽聞神珮聲響,似有餘韻。下片轉而描摹人間秋景,「醉語說豐穰」洩漏克己對豐年興奮之情。克己滿足之餘,更企盼來年亦為穰歲,以詞酬神。

　　此闋想像新奇，上下片對比，上片言神，以濃麗色彩鋪陳神座車，神跡難留，下片轉而描述凡間，三句排比寫景，圖秋日佳景。歸途醉足，更企來年。〈水調歌頭〉兩闋，前闋渲染快樂氣氛，極言黎庶興奮滿足之情，「羣動息」之後，便嘎然而止，後闋以期待作終，對未來深有期許，補足上闋之不足。兩闋對讀，祭典狂歡，由日入夜，夜深方休，滿足之情由「醉」、「飽」二字傾瀉無遺，讀二詞，更覺克己興奮之情溢於言表。

　　由〈二妙詞〉主題可窺見其思想與感情，二妙生於金末，時局動盪，其實段氏兄弟已有遁隱傾向，元得天下，二人於社會責任與個體自由，個人榮辱之間擇一。用舍行藏，二段選擇持節守貞，毫不猶豫走向山林，幽居而終。二段有澹泊之志，其詞屢次用屈原、淵明之典，又觀之詞作內容，可知二妙既有屈平愛國忠貞之心，亦有陶潛不慕名利，恬淡自適之心。二段心繫故國，追憶往事，於〈二妙詞〉中歷歷可見，往往流露家國之恨，親友流離不見之悲，又時懷身世滄桑之感。二段除偶有遊歷山水之外，乃定居龍門，然其始終懷有「漂泊者心態」，離鄉飄零之孤獨感，時縈繞辭人心頭。而家國之恨，身世之悲愁，段氏伯仲往往寄託於詞章，亦藉酒澆之，〔註43〕〈二妙詞〉中出現酒、醉、醪、麴生等詞彙，共有五十七闋出現酒相關字。詞人飽受兵火流離之苦，有無所依歸之失落感，故藉酩酊大醉，暫忘現實冷酷，求心靈之解脫。

　　〈二妙詞〉詞中亦有反映現實，如遊故城，便揭露戰爭之殘忍，亦對元得天下，卻干戈未息，提出批判。不過，諸如此類，於〈二妙詞〉中爲少數作品，比例不高。二段不仕元朝，蕭散山林，然心未寬，

〔註43〕在中國傳統文化結構中，酒總是與愁聯繫在一起的。諸如離別之苦、羈旅之愁、事業受挫之悲等等，似乎都可以藉酒一一澆滅之。詳見方勇：《南宋遺民詩人群體研究》（北京：人民出版社，2000 年 6 月），頁153，又頁 155：「正如我國傳統文化中詩、酒不分家一樣，南宋遺民在飲酒時大多也是要喝酒的，因爲詩歌是他們可以用來抒悲解悶的最佳文學樣式。」筆者認爲方氏所言，亦適用於解釋段氏兄弟詞作。

仍有不甘,藉詞回憶當年赴進士舉,鏖戰文場取得功名,到如今卻只能隱居,二段感嘆自己空有奇才,卻無用處,有英雄失路之苦悶。二段兄弟雙雙遁隱,酬贈詞數量甚夥,或克己爲仲弟作壽詞,或相偕遊歷山水,題詞相酬唱,兄弟感情於字裡行間流露,足見其手足情深。

〈二妙詞〉中記載隱逸生涯,其悠閒自得之趣,於焉可見,然二段以更多篇幅,感嘆不覺流年,光陰荏苒,年屆暮年,卻一事無成。因此,縱使段氏兄弟企慕陶潛,亦自許有淵明之志,其守節固窮之行,令人感佩。然其身雖隱,心難靜,〔註44〕二段隱逸之格,略遜於淵明。幸而後期之作,漸趨恬淡,看淡功名,心境上轉而恬適無欲,此中可見其靈魂自愁苦中解脫,轉憂憤爲幽靜。

觀之〈二妙詞〉所展現者爲混合型心態,〔註45〕二段兄弟於元滅金之後,隨即退居林泉,然而其正值壯年,主觀上有壯志欲報效國家,客觀上金已亡,二人失去政治舞臺,爲持節不事異主,當現實與理想發生衝突,面對個人行藏取捨,兩人選擇遯世,然而心有未甘,反映於詞作便是愁思懷恨,或追憶,或感傷,或憤懣,或淡泊,整體呈現爲主體心靈之多樣性,展現多種情感交織之心態。

〔註44〕費秀雲:《河汾諸老隱居心態研究》,《晉陽學刊》2003年第5期,頁89~90:「掙脫不開的憂患意識。讀河汾諸老的詩,我們會明顯地感到一種憂愁和焦慮在詩中彌漫,有的詩敍寫的是一些具體的讓作者悲傷的事情,有的詩表現的是無端的愁緒。⋯⋯揮之不去的作官情結。金代仍開科舉,給文人追求公名的夢想,然而金末的動亂打破文人的夢幻,詩人們眞切地趕到走入官場是不可能的。河汾諸老的詩作中,可以看到他們仍有著建立功業的強烈願望」〈二妙詞〉中亦存在此種憂患意識與愁緒,與欲進無路之憾。

〔註45〕「混合型心態」爲王兆鵬所提出,指宋南渡時期,沉重之民族壓迫,社會之多種矛盾鬥爭,戰火交織,主觀理想與客觀現實環境發生衝突,至於個人進退榮辱,詞人須作抉擇,然內心無法獲得平衡,錯綜複雜之矛盾糾結於心頭,使南渡詞人有複雜多變、矛盾苦悶之心態。詳見王兆鵬:《宋南渡詞人羣體研究》(臺北:文津出版社,1992年3月),頁209。王氏雖指南渡詞人而言,然而筆者認爲二段兄弟心態亦是如此。

第四章 〈二妙詞〉之形式

本章探討〈二妙詞〉之形式，包括詞牌體例、格式律譜與韻部三大類。由於金源與南宋異地同時，而段氏二妙生當金元之交，去宋不遠，因此本章分析乃據宋代所盛行之詞學體製，亦即詞形式之基本概念，分析並歸納〈二妙詞〉擇調、格律與用韻情形，以呈現〈二妙詞〉形式之整體現象。

第一節　詞牌體製

詞為體，調有定格，字有定數，韻有定聲，句有長短，此節針對「詞牌」作討論。詞為配樂歌唱，故每闋詞皆有樂譜，而每一樂譜，必屬於某種宮調，有固定之音律、節奏，諸如此類之總和，統稱「詞調」；每一種「詞調」皆有對應之名稱，此名稱即「詞牌」。

詞之體裁，就現存詞調分析，以字數分多寡而言，可分三種：小令、中調、長調。小令，即短調小曲之意，形式多短小緊湊，字數在五十八字以內，為詞中較短小者；中調者，為長短中等之詞調，字數在五十九字至九十者為中調；長調者，為字數較多之詞調，指詞之字數在九十一字以上。〔註1〕詞就分段情形，可分四類：單調、雙調、

〔註1〕　凡填詞五十八字以內為小令，自五十九字始，至九十字止為中調，九十一字以外者具長調也，此古人定例也。詳見〔清〕毛先舒：《四庫全書存目叢書‧集部‧填詞名解》（臺南：莊嚴文化事業有限公司，

三疊、四疊。單調者，亦稱單片，指詞只一段者；雙調者，指詞有前後兩段者，三疊者，指詞有三段；四疊者，指詞有四段，然四疊者較為罕見。〔註2〕

　　關於詞調與聲情歷來多有論述，然大多以為詞調與聲情有密不可分之關係，故倚聲填詞，須按所欲抒之情，審慎擇調，而後作長短句，使聲情與文情取得協調。龍沐勛於《唐宋詞格律》中如是云：

> 詞的每個曲調都表現一定的聲韻，表達一定的情感。前人作詞，如寫豪情壯懷，就用〈滿江紅〉、〈念奴嬌〉、〈賀新郎〉、〈沁園春〉等一類慷慨激昂的曲調；如寫綿邈深婉之情，則用〈滿庭芳〉、〈木蘭花慢〉等一類和諧婉約的曲調。〔註3〕

《詞筌》中亦有相似看法：

> 〈滿江紅〉、〈念奴嬌〉、〈賀新郎〉、〈沁園春〉、〈八聲甘州〉、〈水調歌頭〉、〈永遇樂〉等詞調，都可表現豪壯激烈的情感。至於〈木蘭花慢〉、〈滿庭芳〉、〈踏莎行〉、〈一剪梅〉、〈憶舊遊〉等詞調，句度勻整，平仄和諧，音調低沉，韻位較疏，能表現富麗繁華的景象，雍容悅豫的情態，纏綿委婉、悱惻哀傷的感情。〔註4〕

《詞曲史》中對詞調與聲情亦有類上述之說法：

> 若〈雨霖鈴〉、〈尉遲杯〉、〈還京樂〉、〈六醜〉、〈瑞龍吟〉、〈大酺〉、〈繞佛閣〉、〈暗香〉、〈疏影〉、〈國香慢〉等調，則沉冥凝咽，不適豪調；〈六州歌頭〉、〈水調歌頭〉、〈水龍吟〉、〈念奴嬌〉、〈賀新郎〉、〈摸魚兒〉、〈滿江紅〉、〈哨遍〉等調，則揮灑縱橫，未宜側豔。〔註5〕

陳弘治於《詞學今論》中提及詞調與聲情之關係：

1997 年），頁 174。

〔註2〕據陳師宏銘統計雙調詞牌共有七百三十六種，三疊者則有十一種，至於四疊者最少，僅有〈勝州令〉與〈鶯啼序〉兩種。

〔註3〕龍沐勛：《唐宋詞格律》（臺北：里仁書局，1995 年 8 月）中之「出版說明」部分。

〔註4〕余毅恆：《詞筌》（臺北：正中書局，1996 年 11 月），頁 129。

〔註5〕王易：《詞曲史》（北京：東方出版社，1996 年 3 月），頁 235～236。

調名雖不必與詞意相合，但詞調之聲情與詞意卻有密切之關係；故填詞選調，與其注意詞面，毋寧注意於聲情。今存詞調，其聲情有高亢者，有沉鬱者，有歡樂者，下筆之先，不可僅憑字面好醜作標準。例如〈相見歡〉一調，字面爲喜樂，而聲情乃屬悽婉，惟宜填作悲苦之詞，故李後主用以記愁，〈千秋歲〉一調，論調名宜作壽詞，而秦少游詞則曰：「柳邊沙外，城郭春寒退。花影亂，鶯聲碎。飄零疏酒盞，離別寬衣帶。人不見，碧雲暮合空相對。憶昔西池會，鵷鷺同飛蓋。攜手處，今誰在？日邊清夢斷，鏡裡朱顏改。春去也，落紅萬點愁如海。」聲情悲抑，蓋少游南遷時之作。……蓋詞有剛柔，調亦如之，賦情寓聲，自當求其表裡一致，不得乖反。〔註6〕

又陳振寰云：

根據唐宋著名詞人同一詞調的大多數作品進行概括、分析，可推知原曲適合於表達何種思想感情。例如〈滿江紅〉，宋人名作多半表達雄渾悲壯之情，如蘇軾〈滿江紅〉（江漢西來）、傳岳飛〈滿江紅〉（怒髮衝冠）等。……對比起來，〈鷓鴣天〉就較適於表現細膩委婉的情調。〔註7〕

王師偉勇亦如是云：

辭調與文情有密切之關係，苟選調得當，則音節之抑揚高下，必可助發情致意趣，故歷來詞論家莫不留意焉。〔註8〕

根據以上六位學者說法，可確定詞調與聲情之關係密切，故知作樂府，必先審慎擇調，以配合感情，使聲情與文情相符。本章據四庫全書珍本《二妙集》爲版本，參考《全金元詞》標點句讀，分析並統整〈二妙詞〉中之擇調情形，將其所用詞牌逐次列出，以瞭解段氏兄弟

〔註6〕　詳見陳弘治：《詞學今論》（臺北：文津出版社，1991 年 7 月），頁102～103。

〔註7〕　詳見陳振寰：《讀詞常識》（臺北：國文天地雜誌社，1990 年，3 月）頁50。

〔註8〕　詳見王師偉勇：〈南宋詞研究〉（臺北：文史哲出版社，1987 年9月），頁5。

慣用之詞調：

				〈二妙詞〉擇調表			
編號	詞調	體別	疊數	字數	克己	成己	總和〔註9〕
一	大江東去	1	雙調	100	3	3	6
二	水調歌頭	2	雙調	95	3	1	4
三	水龍吟	1	雙調	102	1	0	1
四	木蘭花	1	雙調	56	0	4	4
五	木蘭花慢	1	雙調	101	0	1	1
六	月上海棠	4	雙調	69、70、72	4	5	9
七	生查子	1	雙調	44	1	0	1
八	行香子	1	雙調	66	0	1	1
九	江城子	2	雙調	70	4	4	8
十	西江月	1	雙調	50	1	0	1
十一	南鄉子	1	雙調	56	1	2	3
十二	浣溪沙	1	雙調	42	3	0	3
十三	浪淘沙	1	雙調	54	0	1	1
十四	訴衷情	1	雙調	44	1	1	2
十五	朝中措	1	雙調	48	0	1	1
十六	望月婆羅門引	1	雙調	76	2	5	7
十七	清平樂	1	雙調	46	0	2	2
十八	最高樓	1	雙調	81	1	0	1
十九	漁家傲	1	雙調	62	7	0	7
二十	臨江僊	1	雙調	60	3	8	11
二十一	漢宮春	1	雙調	96	1	0	1
二十二	滿江紅	1	雙調	94	9	4	13
二十三	滿庭芳	1	雙調	95	3	1	4
二十四	蝶戀花	1	雙調	60	3	2	5
二十五	點絳唇	1	雙調	41	1	0	1
二十六	鷓鴣天	1	雙調	55	16	16	32
二十七	驀山溪	1	雙調	82	0	1	1

〔註9〕闋數三欄，前爲克己作闋數，中是成己作闋數，後爲二人闋數之總和。

　　據以上統計結果，〈二妙詞〉一百三十闋，擇調二十七，所選之調皆常用詞調。二段用調以〈鷓鴣天〉最多，高達三十二闋；其次為〈滿江紅〉、〈臨江僊〉、〈月上海棠〉、〈江城子〉；再其次為〈漁家傲〉、〈大江東去〉、〈望月婆羅門引〉、〈水調歌頭〉、〈木蘭花〉、〈滿庭芳〉與〈浣溪紗〉，其他則只一闋或二闋。

　　據以上五位學者之見解，對照段氏兄弟選調情形觀之，〈二妙詞〉多以〈滿江紅〉、〈大江東去〉等聲情激昂之詞調，抒其壯懷；以〈鷓鴣天〉聲情細膩婉約之詞調，抒其幽婉深邃之情，此外，二妙亦以此詞調抒其遊歷之樂，展現豪放氣概；以〈滿庭芳〉、〈木蘭花慢〉等聲情悲悽之詞調，表現其哀戚之情。然而，綜觀〈二妙詞〉詞情，或縱橫壯闊，或含悲抑鬱，或蘊藉溫婉，或清新自然，整體風格，或折衷於揮灑縱橫、綿邈深婉二者；其詞作聲情，激昂高亢者，有之，和諧婉轉亦有之，呈現多樣面貌。

第二節　詞譜格律

　　詞調之格律係指句之長短、字聲之舒促，韻腳之疏密、平仄用法以及詞調所屬之宮調；而詞譜，即標明詞調之格律。自樂譜失傳，作詞與作詩便有所不同，作長短句須遵循詞譜之平仄用法，韻部亦與詩韻有所別。

　　常見詞譜有清聖祖在位時期所編二本：一為康熙二十六年（1687）萬樹所編《詞律》〔註 10〕，匯集詞調六百六十種，詞體近一千一百八十種；一為康熙五十四（1715）《御定詞譜》〔註 11〕（或稱《欽定詞譜》），今人或稱《康熙詞譜》，〔註 12〕以下簡稱《詞譜》。《詞譜》比《詞律》

〔註10〕〔清〕萬樹編：《詞律》（北京：團結出版社，1993 年）以下所引皆本此書，未免繁瑣，於引文後附卷數與頁碼。
〔註11〕〔清〕聖祖御定：《御定詞譜》（臺北：世界書局，1986 年）景印摛藻堂四庫全書薈要。
〔註12〕〔清〕陳廷敬、王奕清等編：《康熙詞譜》（長沙：岳麓書社，2000年），以下所引皆本此書，未免繁瑣，於引文後附卷數與頁碼。

晚出二十八年，此書乃清聖祖命王奕清等人編纂，共收錄詞牌八百二
十六，載體兩千三百零六，比萬樹所著收調多四分之一，載錄詞體多
一倍，收錄範圍廣博，規模宏大，且考訂甚爲精審。上述之二本特色
爲選調求其完備。又清嘉慶年間舒夢蘭編《白香詞譜》，〔註13〕白香乃
舒氏之字，編者以其字加於書名之上，遂名《白香詞譜》。《白香詞譜》
每一首加註黑白圈，按詞調句數多寡排列，此書選調一百，詞調只列
一體，因此書體積較小，便於攜帶，可隨時翻查，流傳較廣。另有謝
元淮編《碎金詞譜》，〔註14〕道光二十三年（1843）刻本，傳世者有十
四卷與六卷本兩種，此譜共南北二十四宮調，計四百四十九調，五百
五十八闋。

　　近代編輯詞譜詞律者，重要者約有四：一爲蕭繼宗《實用詞譜》，
〔註15〕收詞調三百二十五，詞譜下舉例（自三○二闋以下，存譜略
詞），後附〈實用詞韻〉；二爲語文學界泰斗王力所編《王力詞律學》，
〔註16〕其中有兩章〈詞譜舉例〉；三爲龍沐勛《唐宋詞格律》，收詞牌
一百五十餘種，其中多見於唐宋詞，每一詞牌均附「定格」與「變格」
等體例，標明句讀、平仄與韻腳位置，每一「詞格」皆附詞例說明之，
後附〈詞韻簡編〉；四，爲大陸學者潘愼《詞律辭典》，〔註17〕共收錄
一千二百四十種詞調，三千四百一十二體；如同潘氏書序〈解佩令〉
詞，自言「廿年搜調，十年執筆，三十年心血皆耗盡。」，此書爲目
前所知用力最深，收錄詞調最完備之詞律。故本章所引平仄詞譜，以
潘氏《詞律辭典》爲基準。若有疑慮，需要商榷再三之處，則對照上
述詞譜，審其格律，以求完備。

〔註13〕〔清〕舒夢蘭輯、韓楚原重編、謝朝徵箋、李鴻球校訂、《白香詞譜》
　　　　（臺北：世界，1994 年）
〔註14〕〔清〕謝元淮編：《碎金詞譜》（臺北：學海，1980 年）十四卷本，
　　　　共三冊。
〔註15〕蕭繼宗：《實用詞譜》（臺北：中華叢書編審委員會。1970 年）
〔註16〕王力：《王力詞律學》（太原：山西古籍出版社。2003 年，1 月）
〔註17〕潘愼主編：《詞律辭典》（太原：山西人民出版發行，1991 年）

　　觀之詞譜規格，基本上捨棄四聲五音，僅標平仄用法，形式固定。每本詞譜編輯方式不盡相同，符號用法隨編者而有異。本章採用《詞律辭典》之符號，標示如次：「—」表平聲，「｜」示仄聲，「⊖」爲平可仄，「①」是仄可平。且以「，」表句，即不押韻之句子；以「、」表逗，用以分開句內各語，或表示語氣之停頓；以「○」表平韻；以「△」表仄韻；以「▲」表兩換仄。本章依據《詞律辭典》所標示之格律（詞譜、調略），非〈二妙詞〉之格律，其後列舉〈二妙詞〉說解之。如有須加註說明者，另加按語。

一、謹遵格律者

（一）〈滿江紅〉共十三闋，錄二闋。

1、夢庵張君信夫生朝。

上片：

臘盡春來，還又是、新年入手。人共喜、丹山僊桂，一枝
①｜——，⊖⊖｜、⊖—①△。⊖｜｜、①—⊖｜，①—

初秀。轉首黃金都散盡，酒酣彈鋏蛟龍吼。想平生、豪氣
△△。①｜⊖——｜｜，①—⊖｜——△。｜——、⊖｜

尚依然，衝星斗。
｜——，——△

下片：

紅未透，花枝瘦。人不老，花依舊。老生涯正要，東山歌
—⊖｜，—①△。—①｜，——△。①⊖⊖⊖｜，①⊖—

酒。翠壁崢空山玉立，長河瀉浪風雷走。挽山河，勝粲入
△。⊖⊖——｜｜，⊖—①｜——△。⊖①⊖、①｜｜

金尊，爲君壽。
——，——△

【調略】雙調，九十三字，上片四十七字，八句四仄韻，下片四十六字，十句五仄韻。

【調式】（上片）四。七。七。四。七。七。七。三。（下片）
三。三。三。三。五。四。七。七。七。三。

【句式】（上片）2/2。3/2/2。3/2/2。2/2。2/2/3。2/2/3。3/2/3。
1/2。（下片）1/2。2/1。1/2。1/2。1/2/2。2/2。2/2/3。
2/2/3。1/2/2/3。1/2。

2、偶覩春事闌珊謹用兄韻以寫所懷。

上片：

點檢花枝。風雨外、雪堆瓊矗。春去也、朱絲絃斷，鸞膠
◐｜－－，◯◒｜、◒－◐△。◒｜｜、◐－◒｜，◐－

難續。眼底光陰容可惜，舊遊回首尋無跡。對青山、一餉
－△。◐｜◒－－｜｜，◐－◒｜－－△。｜－－、◒｜

倚枯藤，灘聲急。
｜－－，－－△

下片：

人已老，身猶客。家在逈，歸猶隔。縱語音如舊，形容非
－◒｜，－◐△。－◐｜，－－△。◐◒◒－｜，◐◒－

昔。芳草縣縣隨意綠，平波渺渺傷心碧。到愁來、惟覺酒
△。◒｜◒－－｜｜，◐－◐｜－－△。◒◒◒、◐｜｜

杯寬，人間窄。
－－，－－△

【調略】雙調，九十三字，上片四十七字，八句四仄韻，下片四
十六字，十句五仄韻。

【調式】（上片）四。七。七。四。七。七。七。三。（下片）
三。三。三。三。五。四。七。七。七。三。

【句式】（上片）2/2。3/2/2。3/2/2。2/2。2/2/3。2/2/3。3/2/3。
1/2。（下片）1/2。2/1。1/2。1/2。1/2/2。2/2。2/2/3。
2/2/3。1/2/2/3。1/2。

按:《填詞名解》卷三:「唐《冥音錄》載,曲名〈上江虹〉,後轉易二字,今得名。〔註18〕《樂章集》注仙呂調,元高拭詞注南呂調。此調有平韻、仄韻二體,二段用仄韻體。

(二)〈漢宮春〉共一闋,錄一闋

1、純甫生朝,且有弄璋之喜,賦此以賀。

上片:

公子歸來,笑平生湖海,豪氣依然。黃金散盡落魄,誰識
⏀丨－－,丨⊖－⏀丨,⊖丨－⏀。－－⏀⊖⏀丨,⊖丨

當年。世間底物,解挽回、鏡裏朱顏。人共道,愁須斮酒,
－⊖。－－⏀丨,丨⊖⊖、⏀丨－⊖。⊖丨丨,⊖－⏀丨,

幾回推向尊前。
⊖－⏀丨－⊖。

下片:

聞說夢熊初兆,喜一枝慰眼,歲晚流連。蟠桃會須結子,
⊖丨⏀－⊖丨,丨⏀－丨丨,⏀丨－⊖。⊖－⏀⊖⏀丨,

運偶三千。詩書舊業,要他時、分付青氈。□□□、庭階
⏀丨－⊖。－－⏀丨,⊖⊖⊖、⊖丨－⊖。－丨丨、⊖－

照映,臥看玉樹芝蘭。
⏀丨,⊖－⊖丨－⊖

【調略】雙調,九十六字,上下片各四十七字,九句四仄韻。

【調式】(上片)四。五。四。六。四。四。七。七。六。(下片)四。五。四。六。四。四。七。七。六。

【句式】(上片)2/2。1/2/2。2/2。2/2/2。1/1/2。2/2。3/2/2。3/1/1/2。2/2/2。(下片)2/2/2。1/2/2。2/2。2/2/2。2/2。2/2。3/2/2。3/2/2。2/2/2.。

按:此調《填詞名解》又名〈慶千秋〉,《詞譜》未載〈漢宮春〉即〈慶

〔註18〕《填詞名解》,卷3,頁180。

千秋〉，而《填詞名解》未注明出處，故不得斷然信之。〔註 19〕
此調李光詞曰〈瓊臺〉，有平韻、仄韻二體，克己取平韻體用之。

（三）〈望月婆羅門引〉共七闋，錄二闋。

1、癸卯元宵，與諸君各賦詞以為樂。寂寞山村，無可道者，因
述其昔年京華所見，以〈望月婆羅門引〉歌之，酒酣擊節，
將有墮開元之淚者。

上片：

　暮雲收盡，柳梢華月轉銀盤。東風輕扇春寒。玉輦通宵遊
　⊙－⊙｜，⊙－⊙｜｜－○。⊖－⊙｜－○。｜⊙⊖－⊖

　辛，綵仗駕雙鸞。聞鳴絃脆管，鼎沸鼇山。
　｜，⊖｜｜－○。｜⊖－⊙｜，⊙｜－○

下片：

　漏聲未殘。人半醉、尚追懽，是處燈圍繡轂，花簇雕鞍。
　⊖－｜○。｜⊙｜、｜－○，⊙｜⊖－⊙，⊙｜－○。

　繁華夢斷，醉幾度、春風雙鬢斑。回首處、不見長安。
　⊖－⊖｜，｜⊖⊙、⊙⊙⊙⊖⊙○。⊖⊙｜、⊙｜－○

【調略】雙調，七十六字，上片三十七字，七句四平韻，下片三
十九字，七句五平韻。

【調式】（上片）四。七。六。六。五。五。四。（下片）四。
七。六。四。四。七。七。

【句式】（上片）2/2。2/2/3。2/2/3。2/2/2。2/1/2。2/1/2。2/2。
（下片）2/2。1/2/1/2。2/2/2。2/2。2/2。3/2/2。3/2/2。

2、清明後醉書於史氏之別墅。

上片：

　東風嫋嫋。飛花一片點征衣。等閒耗損香霏。春去春來無
　⊙－⊙｜，⊙－⊙｜｜－○。⊖－⊙｜－○。｜⊙⊖－⊖

〔註19〕詳見潘慎主編：《詞律辭典》（太原：山西人民出版發行，1991 年），
頁 364。

跡，靜裏幾人知。問沈郎何事，帶減腰圍。

｜，⊖｜｜－○。｜⊖－◑｜，◑｜－○

下片：

功名願違。算此計、未應非，賸把閒愁㵼酒，幽興裁詩。

⊖－｜○。｜◑｜、｜－○，｜⊖－○｜，⊖｜－○。

溪山好在，悵眼中、渺渺故人稀。回首處、清淚如絲。

⊖－⊖｜，｜｜⊖◑、◑⊖◑⊖○。⊖◑｜、◑｜－○

【調略】雙調，七十六字，上片三十七字，七句四平韻，下片三
　　　　十九字，七句五平韻。

【調式】（上片）四。七。六。六。五。五。四。（下片）四。
　　　　七。六。四。四。七。七。

【句式】（上片）2/2。2/2/3。2/2/2。2/2/2。2/2/1。1/2/2。2/2。
　　　　（下片）2/2。1/21/2。2/2/2。2/2。2/2。3/2/3。3/2/2。

按：《詞律》：「按此調向於〈婆羅門引〉上加『望月』二字，誤也。
　　因是望月而作，故訛傳以詞題加於牌名之上也。稼軒、友古，本
　　名只四字。」（卷11，頁216）《詞譜》：「此調以此詞為正體。宋
　　蔡伸、嚴仁、辛棄疾、吳文英，金元好問、李晏、段克己、段成
　　己、李俊民，元張翥諸詞，俱與此同。」（卷18，540）

（四）〈蝶戀花〉共五闋，錄一闋。

1、聞鶯有感。

上片：

鵜鳩一聲春已曉。蝴蝶雙飛，暖日明花草。

⊖｜⊖－－－△。◑｜－－，◑｜－－△

花底笙歌猶未了。流鶯又復催春老。

⊖｜◑－－｜△。⊖－⊖｜－－△。

下片：

早是殘紅枝上少。飛絮無情，更把人相惱。

◑｜⊖－－｜△。⊖｜－－，⊖｜－－△。

老檜獨含冰雪操。春來悄莫人知道。

◐｜◐－－｜△。⊖－◐｜－－△。

【調略】雙調，六十字，上下片各三十字，五句四仄韻。

【調式】（上片）七。四。五。七。七。（下片）七。四。五。
七。七。

【句式】（上片）2/2/3。2/2。2/1/2。2/2/3。2/2/3。（下片）2/2/3。
2/2。1/2/2。2/2/3。2/1/2/2。

按：此調又名〈黃金縷〉、〈捲珠簾〉、〈明月生南浦〉、〈細雨吹池沼〉、〈鳳
棲梧〉、〈魚水同歡〉、〈轉調蝶戀花〉等。《詞譜》：「唐教坊曲，本
名〈鵲踏枝〉，宋晏殊改今名。《樂章集》注小石調，趙令時注商調，
《太平樂府》注雙調。《太平樂府》注雙調」（卷13，頁392）

（五）〈漁家傲〉共七闋，錄一闋。

1、送春六曲之一。

上片

斷送春光唯是酒。玉杯重捲纖纖手。檀板輕敲歌欲就。

◐◐⊖⊖－◐△。⊖－◐｜⊖－△。⊖｜◐－－｜△。

眉黛皺。翠環暗點金釵溜。

－◐△。⊖⊖◐◐－－△。

下片：

自笑而今成老醜。鶯花依舊情非舊。楊柳自從春去後。

◐｜⊖－－｜△。⊖－◐◐－－△。◐｜◐－－◐△。

誰攙舉。腰肢新也如人瘦。

⊖◐△　⊖－◐｜－－△

【調略】雙調，六十二字，上下片各三十一字，五句五仄韻。

【調式】（上片）七。七。七。三。七。（下片）七。七。七。
三。七。

【句式】（上片）2/2/3。2/2/3。2/2/3。2/1。2/2/3。（下片）2/2/3。
2/2/3。2/2/。1/2。2/2/3。

按：此調又名〈水鼓子〉、〈吳門柳〉、〈忍辱仙人〉、〈漁父詞〉、〈漁家
樂〉、〈荊溪詠〉、〈醉薰風〉等，《張子野集》、《片玉集》、《于湖
先生長短句・拾遺》皆注般涉調。此調有仄韻與平、仄韻互協二
體，克己取仄韻體用之。

（六）〈月上海棠〉共九闋，錄四闋。

1、**壬寅冬，躬謁玉清壇下，客有歌月上海棠者，乃玉清作也。
詞致高遠，真游乎方之外者也。明年吾友陳子颺過余山中，
始為屬和，因亦次韻，以簡知音。**

上片：

　住山活計宜聞早。身世滄溟一漚小。日月兩跳丸，迭送人
　｜－－｜－－△。－｜－－｜－△。｜｜｜－－，｜｜－

　閒昏曉。朱顏換，風雪俄驚歲杪。
　－－△。－－｜，－｜－－｜△

下片：

　敝衣旋補荷盈沼。筭騎鶴揚州、古今少。休苦似吳蠶，
　｜－－｜｜－△。｜｜－－、｜－△。－｜｜－－，

　剛把此身纏繞。君知否，我自無心可了。
　－｜｜｜－－△。－－｜，｜｜｜－－｜△

【調略】雙調，六十九字，上片三十四字，下片三十五字，各六
　　　　句四仄韻。

【調式】（上片）七。七。五。六。三。六。（下片）七。八。
　　　　五。六。三。六。

【句式】（上片）2/2/3。2/2/3。2/1/2。2/2/2。2/1。2/2/2。（下
　　　　片）2/2/3。1/2/2/2/1。1/2/2。2/2/2。1/2。2/2/2。

2、**和答楊生彥衡。**

上片：

　小樓舞徹雙垂手，便倩雁將書、寄元九。舉首望南山，
　｜－｜｜－－△，｜｜｜－－、｜－△。｜｜｜－－

獨蛾眉、數峰明秀。人未老,且任高歌對酒。

｜－－、｜－－△。－｜｜,｜｜－－｜△。

下片:

莫將此樂輕孤負,喚明月清風、作三友。纖手折黃花,

｜－｜｜－－△　－｜｜－、｜－△　－｜｜－－,

步東籬、爲一三嗅。英雄淚,醉搵應須翠袖。

｜－－、｜－－△　－－｜,｜｜－－｜△

【調略】雙調,七十二字,上下片三十六字,六句四仄韻。

【調式】(上片)七。八。五。七。三。六。(下片)七。八。
五。七。三。六。

【句式】(上片)2/2/3。1/2/2/1/2。2/1/2。2/1。2/2。1/2。2/2/2。
(下片)2/2/3。1/2/2/2/3。2/1//2。1/2/2/2。2/1。2/2/2。

3、重九之會彥衡賦詞侑觴,尊兄遯庵公與坐客往復賡歌,至於
再三,語意益妙,殆不容後來者措手。彥衡堅請余繼其後,
勉爲賦之。

上片:

黃花未入淵明手,日攪空腸幾回九。山色繞吾廬,猶是當

－－｜｜－－△　｜｜－－｜－△　－｜｜－－,－｜－

年明秀。忘言處,此意何嘗在酒。

－－｜。－－｜,｜｜－－｜△

下片:

等閒莫把良辰負,恨不見、平生舊親友。三徑久荒涼。東

｜－｜｜－－△,｜｜｜、－－｜－△。－｜｜－－。－

籬下落英誰嗅。傷時淚,不覺沾襟漬袖。

－｜｜－－△。－－｜,｜｜－－｜△。

【調略】雙調,七十字,上片三十四字,下片三十六字,各六句
四仄韻。

【調式】(上片)七。七。五。六。三。六。(下片)七。八。

－122－

五。七。三。六。

【句式】（上片）2/2/3。2/2/3。2/1/2。2/2/2。2/1。2/2/2。（下片）2/2/3。1/2/2/1/2。2/1/2。2/1/2/2。2/1。2/2/2。

4、詩社諸君復相屬和，又不免步韻獻笑。

上片

秋風鶴髮雙龜手。不如意事十常九。蓬蘽映閒階，

－－｜｜－－△。｜｜｜｜－－△。｜－｜｜－－，

嗟叢菊、汝奚為秀。衡門掩，問字無人載酒。

－－｜、－－｜△。－－｜，｜｜｜－－｜△。

下片：

永惟道德心初負。向上將求古人友。三歎抱遺編，

－－｜｜－－△。｜｜｜－－｜－△。｜－｜｜－－，

藹餘馥、殘膏誰嗅。趣時樣，競銜羔裘豹袖。

｜－｜、、－－△　｜－｜，｜｜｜－｜△

【調略】雙調，七十字，上、下片各三十五字，六句四仄韻。

【調式】（上片）七。七。五。八。三。六。（下片）七。七。五。八。三。六。

【句式】（上片）2/2/3。3/1/3。2/1/2。3/2/2。2/1。1/1//2。2/1。2/2/2。（下片）2/2/3。2/2/3。2/1/2。3/2/2。2/1。2/2/2。

按：此調又名〈玉關遙〉、〈海棠月〉。此調有兩體，一為七十字體；二為九十一字體者，金詞注雙調。

（七）〈鷓鴣天〉共三十二首，錄四首：

1、彥衡諸君皆有和章，因復仍韻以寫老懷。

上片：

不是秋來懶上樓，龍鍾詩骨不禁秋。

⊘⊘⊖⊖⊘⊘⊘，⊖－⊖｜｜－⊘。

舊歡去我如天遠，新恨撩人似髮稠。

⊕－⊖｜⊖－｜，⊖｜－－⊕⊕○。

下片：

空咄咄，漫悠悠。老來終是少風流。

⊖⊕｜，｜－○。⊕－⊖｜｜－○。

千金買笑佳公子，醉臥瓊樓不識愁。

⊖－⊕｜－－｜，⊖｜－－⊕｜○。

【調略】雙調，五十五字，上片二十八字，四句三平韻，下片二
十七字，五句三平韻。

【調式】（上片）七。七。七。七。（下片）三。三。七。七。
七。

【句式】（上片）2/2/3。2/2/3。2/2/3。2/2/3。（下片）1/2。1/2。
2/2/3。2/2/3。2/2/3。

2、

上片：

把酒簪花強自豪。花應羞上阿翁髦。

⊕⊕⊖－⊕⊕○。⊖－⊖｜｜－○。

不教春色因循過，忍爲虛名盂浪漂。

⊕－⊖｜⊖－｜，⊖｜－－⊖⊕○。

下片：

醒復醉，莫還朝，紛紛四海正兵騷。

⊖－⊕｜－－｜，⊖｜－－⊖｜○。

從渠眼底桑田變，且樂牀頭撥寶醪。

⊖⊕｜，｜－○。⊕－⊖｜｜－○。

【調略】雙調，五十五字，上片二十八字，四句三平韻，下片二
十七字，五句三平韻。

【調式】（上片）七。七。七。七。（下片）三。三。七。七。
七。

【句式】（上片）2/2/3。1/1/2/3。2/2/3。2/2/3。（下片）1/1/1。
　　　　1/2。1/1/2/3。2/2/3。2/2/3。

3、重九日敬用遯庵兄韻三首之三。

上片：

　豪氣消磨百尺樓。憂來一日抵三秋。
　〇〇⊖〇〇〇〇。⊖—⊖｜｜—〇。

　故人落落晨星少，新塚纍纍塞草稠。
　⊕—〇｜〇—｜，〇｜——〇〇〇。

下片：

　思往事，去悠悠。夕陽回首忽西流。
　⊖⊕｜，｜—〇。⊕—⊖｜｜—〇。

　葉聲偏入愁人耳，聲本無心人自愁。
　⊖—⊕｜——｜，⊖｜——⊕｜〇。

【調略】雙調，五十五字，上片二十八字，四句三平韻，下片二
　　　　十七字，五句三平韻。

【調式】（上片）七。七。七。七。（下片）三。三。七。七。
　　　　七。

【句式】（上片）2/2/3。1/1/2/3。2/2/3。2/2/3。（下片）1/2。
　　　　1/2。2/2/3。2/1/1/3。2/2/3。

4、和答尋正道。

上片：

　鵬翼翩翩去路遙。歸來羞費楚詞招。
　〇〇⊖〇〇〇〇。⊖—⊖｜｜—〇。

　讀書未免終投閣，沽酒何妨暫過橋。
　⊕—⊖｜⊖—｜，⊖｜——〇〇〇。

下片：

　風與月，不須邀，時來閒處伴推敲。
　⊖⊕｜，｜—〇。⊕—⊖｜｜—〇。

兒童也笑翁慵甚，睡起牀頭日已高。

⊖－⦵｜－－｜，⊖｜－－⦵｜○

【調略】雙調，五十五字，上片二十八字，四句三平韻，下片二
　　　　十七字，五句三平韻。

【調式】（上片）七。七。七。七。（下片）三。三。七。七。
　　　　七。

【句式】（上片）2/2/3。2/2/3。2/2/3。2/2/3。（下片）1/1/1。
　　　　2/1。2/2/3。2/2/3。2/2/3。

按：此調又名〈一井金〉、〈千葉蓮〉、〈思佳客〉、〈禁煙〉、〈鷓鴣飛〉
　　等，《于湖先生長短句》注大石調。

（八）〈臨江僊〉共十一闋，錄二闋。

1、三月十日，與諸君約會西園。久而不至，花又狼藉，因賦此
　　以排悶。

上片：

人道花開春爛熳。花殘春便無情。小園獨自繞花行。

⦵⦵⦵⊖－⦵｜，－－⊖｜－○。⦵－⦵｜｜－○。

是非何日定，洗耳聽江聲。

｜－⊖｜｜，⊖｜｜－○。

下片：

芍藥牡丹俱不見。風枝猶有殘英。階前綠葉已成陰。

⦵⦵⊖⊖－⦵｜，⊖－－｜－○。⦵－⦵｜｜－○。

所期猶未至，何日倒吾瓶。

⊖－⦵⦵｜，⦵｜｜－○

【調略】雙調，六十字，上下片各三十字，五句三平韻。

【調式】（上片）七。六。七。五。五。（下片）七。六。七。
　　　　五。五。

【句式】（上片）2/2/3。2/1/1/2。2/2/3。2/2/1。2/1/2。（下片）
　　　　2/2/3。2/2/2。2/2/3。2/1/2。2/1/2。

2、

上片：

　四十六年彈指過。蒼顏換卻春華。在家居士已忘家。
　◎◎◎◯－◎｜，－－◯｜－◯。◎－◎｜｜－◯

　誰人知此意，袖手向毗耶。
　｜－◯｜｜，◯◎｜｜－◯

下片：

　世故驅人何日了。漂流不見津涯。軟腸一缽有胡麻。
　◎◎◎◯－◯｜，◯◯－－｜－◯。◎－◎｜｜－◯。

　紛紛身外事，渺渺眼中花。
　◯－◎◎｜，◎◎｜｜－◯

【調略】雙調，六十字，上下片各三十字，五句三平韻。

【調式】（上片）七。六。七。五。五。（下片）七。六。七。
　　　　五。五。

【句式】（上片）4/3。2/2/2/。2/2/3。2/1/2。2/1/2。（下片）2/2/3。
　　　　2/2/2。2/2/3。2/3。2/3。

按：《詞譜》：「唐教坊名曲，《花庵詞選》云：『唐詞多緣題所賦，〈臨
江仙〉之言水仙亦其一也。』宋柳永注仙呂調，元高拭詞注南
呂調。」（卷 10，頁 300）此調又名〈謝新恩〉、〈畫屏春〉、〈雁
歸後〉、〈庭院深深〉。宋柳永詞注仙呂調，元高拭詞注南呂調。

（九）〈最高樓〉共一闋，錄一闋。

1、壽衛生行之。衛生行之，少流寓兵革中。既長，始知讀書，
　　其立志，剛通道篤，而家苦貧。年饑，諸幼滿前，雖併日而
　　食不卹也。暇日，賓友飲酒賦詩為樂。余既嘉其有守，喜為
　　稱道。於其始生之日，作樂府以歌詠之，俾觀者知吾行之之
　　為人矣。

上片：

貧而樂，天命復奚疑。兒女聚嬉嬉。東村邀飲香醪嫩，
－－｜，－｜｜－○。－｜｜－○。－－－｜－－｜，

西家羞饌蕨芽肥。把年華，都付與，錦囊詩。
－－－｜｜－○。｜－－，－｜｜，｜－○。

下片：

白髮青衣，是人所惡。金印碧幢，是人所慕。顧吾道、
｜｜－－，｜－｜△。－｜｜－，｜－｜△。｜－｜、

是邪非。山妻解煮胡麻飯，山童自製薜蘿衣。問人生，
｜－○。－－｜｜－－｜，－－｜｜｜－○。｜－－，

須富貴，是何時。
－｜｜，｜－○

【調略】雙調，八十一字，上片三十六字，八句四平韻，下片四
十五字，十句二仄韻三平韻。

【調式】（上片）三。五。五。七。七。三。三。三。（下片）
四。四。四。四。六。七。七。三。三。三。

【句式】（上片）1/1/1。2/1/2。2/1/2。2/2/3。2/2/3。1/2。1/2。
2/1。（下片）2/2。1/1/2。2/2。1/1/2。1/2/2/1。2/2/3。
2/2/3。1/2。1/2。1/2。

按：此調又名〈醉高春〉、〈醉高樓〉、〈醉亭樓〉，《詞譜》：「此調押平
聲韻，或押仄聲韻，但宋元金詞，押平韻者居多。」（卷19，頁
557。）克己亦取平韻體用之。

（十）〈點絳唇〉共一闋，錄一闋。

1、暮夜晨起書所見。

上片：

愛酒淵明，無錢休對黃花語。一杯誰舉。寂寞空歸去。
①｜－－，⊖－－｜－－△。①－⊖△。⊖｜｜－－△

下片：

屋上青山，山上行雲度。悠然處。是中眞趣，欲寫還無句。

①｜⊖－，⊖｜－－△。⊖①△。⊖－⊖△，⊖｜－－△

【調略】雙調，四十一字，上片四句三仄韻，下片二十一字，五
　　　　句四仄韻。

【調式】（上片）四。八。四。五。（下片）四。五。三。四。
　　　　五。

【句式】（上片）2/2。2/2/3。2/2。2/1/2。（下片）2/2。2/2/1。
　　　　2/1。2/2。2/1/2。

按：以江淹詩「明珠點絳唇」爲名，[註20] 又名〈點櫻桃〉、〈十八香〉。

《詞譜》：「元《太平樂府》注仙呂宮。高拭詞，注黃鐘宮。《正
音譜》注仙呂調。」（卷4，頁113。）

（十一）〈朝中措〉共一闋，錄一闋

1、偶出見牆頭杏花喜而賦之。

上片：

無言脈脈怨春遲。一種可憐枝。

⊖－⊖｜｜－○。⊖｜｜－○。

最是難忘情處，牆頭微露些兒。

①｜⊖－⊖｜，①－①｜－○。

下片：

十分細看，風流卻在，一半開時。

－－①｜，⊖－①｜，①｜－○。

政要東風撞舉，莫教吹破胭脂。

①｜①－⊖｜，⊖－①｜－○。

【調略】雙調，四十八字，上片二十四字，四句三平韻，下片五
　　　　句二平韻。

〔註20〕江南二月春。東風轉綠蘋。不知誰家子。看花桃李津。白雪凝瓊貌。
　　　　明珠點絳唇。行人咸息駕。爭擬洛川神。見逯欽立輯校：《先秦漢魏
　　　　晉南北朝詩》（北京：中華書局，1983），頁1568。

【調式】（上片）七。五。六。六。（下片）四。四。四。六。
六。

【句式】（上片）2/2/3。2/2/1。2/1/3。2/2/2。（下片）2/2。2/2。
2/2。2/2/2。2/2/2。

按：《詞譜》：「《宋史・樂志》屬黃鐘宮。李祁詞有「初見照江梅」句，
名〈照江梅〉。韓淲詞〈芙蓉曲〉，又有「香動梅梢圓月」句，名
〈梅月圓〉。」（卷7，頁200。）

（十二）〈浪淘沙〉共一闋，錄一闋。

1、惜花。

上片：

> 好箇杏花時。只怕寒欺。東君無意惜芳蕤，
> ⊖｜｜－◯。⊖｜－◯。⊖－⊕｜｜－◯，
>
> 雨橫風狂都不管，儘得禁持。
> ⊕｜⊕－－｜，⊕｜－◯。

下片：

> 瘦損一分肌。著甚醫治。一天春恨沒尋思，
> ⊕｜｜－◯。⊖｜－◯。⊕－⊖｜｜－◯，
>
> 怎得丁寧雙燕子，說與春知。
> ⊖｜⊕－－｜｜，⊖｜－◯。

【調略】雙調，五十四字，上、下片各二十七字，各五句，四平
韻。

【調式】（上片）五。四。七。七。四。（下片）五。四。七。
七。四。

【句式】（上片）2/3。2/2。2/2/3。2/2/3。2/2。（下片）2/3。
2/2.。2/2/3。2/2/3。2/2。

按：《詞譜》：「此與宋人〈浪淘沙令〉、〈浪淘沙慢〉不同，蓋宋人借
舊曲名，另倚新腔，此七言絕句也。按〈浪淘沙〉詞創自劉、白，

劉詞九首與此同，惟白詞皆拗體耳。」（卷1，頁31。）

（十三）〈清平樂〉共兩闋，錄一闋。

1、薛子余弄璋。

上片：

東君調護。錯愛春遲暮。一葉蘭芽今始露。香滿君家庭户。

◐○⊖△。◐｜－－△。◐｜◐－－◑△。◐｜◐－⊖△。

下片：

抱看玉骨亭亭。精神秋水分明。自是人閒英物，不須更試

◑－⊖｜－○。◐⊖◐｜⊖○。⊖｜◐－⊖｜，◐◑◑｜

啼聲。

－○。

【調略】雙調，四十六字上片二十二字，四句四仄韻，下片二十
　　　　四句，四句三平韻。

【調式】（上片）四。五。七。六。（下片）六。六。六。六。

【句式】（上片）2/2。2/1/2。2/2/3。2/2/2。（下片）2/2/2。2/2/2。
　　　　2/2/2。2/2/2。

按：此調以此詞為正體。此調又名〈憶蘿月〉、〈醉東風〉。《詞譜》：「《宋
　　史・樂志》屬大石調。《樂章集》注越調。《碧雞漫志》云：『歐
　　陽炯稱李白有應制〈清平樂〉四首，此其一也，在越調，又有黃
　　鐘宮、黃鐘商兩音。』」（卷5，頁152）《詞律辭典》究其名之源：
　　「蓋古樂有三調，曰：『清調、平調、側調』，明皇但令白就上兩
　　調中傳聲制詞，故名〈清平調〉詞。」〔註21〕

二、跳脫格律者

（一）〈水調歌頭〉共四闋，錄二闋。

1、癸卯八月十七日，逆旅平陽，夜聞笛聲，有感而作。

〔註21〕《詞律辭典》，頁872～873。

上片：

亂雲低薄暮，微雨洗清秋。涼蟾乍飛破鏡，倒影入南樓。

｜｜｜－｜，－｜｜－〇。｜－－｜｜，－｜｜－〇。

水面金波灧灧，簾外玉繩低轉，河漢截天流。桂子墮無跡，

｜｜－－｜｜，｜｜－－｜｜，－｜｜－〇。－｜－－｜，

爽氣襲征裘。

－｜｜－〇

下片：

廣寒宮，在何處，可神遊。一聲羌管誰弄，吹徹古梁州。

－｜｜，｜－｜，｜－〇。｜－｜｜－－，－｜｜－〇

月自於人無意，人被月明催老。今古共悠悠，壯志久寥落，

－｜－－－｜，－｜－－－｜，－｜｜－〇，｜｜｜－－｜，

不寐數更籌。

－｜｜－〇

【調略】雙調，九十五字，上片四十八個字，九句四平韻，下片
四十七字，十句四平韻。

【調式】（上片）五。五。六。五。六。六。五。五。五。（下
片）三。三。三。六。五。六。六。五。五。五。

【句式】（上片）2/1/2。2/1/2。2/2/2。2/1/2。2/2/2。2/2/2。2/1/2。
2/1/2。（下片）2/1。1/2。1/2。2/2/2。2/3。1/1/2/2。
1/12/2。2/1/2。2/1/2。2/1/2。

按：克己此闋，調式、韻腳符合格律，平仄則多有不合律者。

2、迎送神二詞，為劉潤之賦。（其一）

上片：

清秋好天氣，禾黍已登場。羣心思答神貺，吉日復良辰。

－｜｜－｜，｜｜｜－〇。｜－－｜｜，－｜｜－〇。

神既來兮庭宇，颯颯西風吹雨，仙仗儼長廊。巫覡傳神語，

｜｜－－－△，｜｜－－｜△，－｜｜－〇。｜｜｜－｜，

出戶舞俁俁。
—｜｜—○
下片：
刲肥羜，瀝桂酒，奠椒漿。一年好處須記，此樂最難忘。
｜—｜，—｜｜，｜—○，｜—｜，—｜｜｜——○，

風外淵淵簫鼓，醉飽滿城黎庶，健倒臥康莊。夜久羣動息，
—｜———▲，｜｜———▲，｜｜｜｜—○。｜｜——｜，

風散一簾香。
—｜｜—○

【調略】雙調，九十五字，上片四十八個字，九句，四平韻二仄韻。下片四十七字，十句，四平韻二仄韻。

【調式】（上片）五。五。六。五。六。六。五。五。五。（下片）三。三。三。四。七。六。六。五。五。五。

【句式】2/1/2。2/1/2。1/2/1/2。2/1/2。1/2/1/2。2/2/2。2/1/2。2/1/2。2/1/2。

按：《詞譜》：「《碧雞漫志》屬中呂調，毛滂詞名〈元會曲〉，張榘詞，名〈凱歌〉。按水調，乃唐人大麯，凡大麯有歌頭。此必裁其歌頭另倚新聲也。」（卷23，頁697～698）此調又名〈元會曲〉、〈水調歌〉、〈江南好〉、〈花犯念奴〉、〈凱歌〉與〈臺城遊〉，《于湖先生長短句》注大石調。此調有平韻、平仄韻間協、平仄韻互協三體。二段取平韻、平仄韻間協二體用之，然此闋頗不合律，平仄與調式均不守詞律，韻腳亦如是。

（二）〈大江東去〉共六闋，錄二闋。

1、次韻答彥衡。

上片：

無堪老懶，喜春來蔬筍，勸加餐食。底事東君留不住，
——｜△，｜———｜，——｜△。—｜———｜｜，

忙似人間行客。憂喜相尋，利名羈絆，心自無休息。

｜｜－－－△。｜｜－－，｜－－｜，－｜－－△。

不如閒早，付他妻子耕織。

｜－－｜，｜－－｜－△。

下片：

門外柳弄金絲，落花飛不起，東風無力。濁酒一杯誰送我，

－△｜｜－－，｜－－｜，－｜－－△。－｜－－－｜｜，

歡意都非疇昔。致主無心，蒼顏白髮，敢更希前席。功名

－｜－－－△。｜｜－－，－－－｜，｜｜－－△。－－

蠻觸，何須千里追北。

－｜，－－－｜－△。

【調略】雙調，一百字，上片四十九字，十句，五仄韻。下片五
十一字，十一句，五仄韻。

【調式】（上片）四。五。四。七。六。四。四。五。四。六。
（下片）二。四。四。五。七。六。四。四。五。四。
六。

【句式】（上片）2/2。1/2/2。2/2。2/2/3。2/2/2。2/2。2/2。1/2/2。
2/2。2/2/2。（下片）2/1/1/2。2/1/2。2/2。2/2/3。2/2/2。
2/2。2/2。1/2/2。2/2。2/2/2。

按：此闋克己下片調式與格律相異。

2、

上片：

西風汾浦，雁初飛、秋水渺茫無際。有底忙時來復去，

－－－｜，｜｜｜、｜｜－－｜△。－｜｜－－｜｜，

泛若虛舟不繫。籬菊將開，村醪初熟。且住爲佳耳，

｜｜｜－－△。－｜－－，－－｜｜。｜｜－－△，

笑言相答，箇中吏隱無愧。

｜－－｜，｜－｜｜－△

下片：

歲月不貸閒人，君顏非少，我髮白如此。好把金杯休去手，

－｜－｜－－，｜－｜｜，｜｜－－△。｜｜－－－｜｜，

萬事惟消沈醉。日轉山腰，馬嘶柳外，歌闋行人起。

－｜｜－｜△。－｜－－，－－｜｜，｜｜－－△。

憑高西望，相思目斷煙水。

｜－｜｜，－－－｜｜｜△

【調略】雙調，一百零一字，上片四十九字，九句四仄韻，下片
　　　　五十二字，十句四仄韻。

【調式】（上片）四。九。七。六。四。四。五。四。六。（下
　　　　片）五。四。五。七。六。四。四。五。四。七。

【句式】（上片）2/2。3/2/2/3。2/2/3。2/2/2。2/2。2/2。2/2/1。
　　　　2/2。2/2/2（下片）2/2/2。2/2。2/3。2/2/3.。2/2/2。2/2。
　　　　2/2。2/2。2/2/2。

按：〈大江東去〉又名〈念奴嬌〉、〈太平歡〉、〈白雪詞〉、〈百字令〉、〈酹
　　江月〉、〈乳燕飛〉、〈壽南枝〉等。《片玉集‧抄補》、《于湖先生長
　　短句》均注大石調，《碧雞漫志》卷五：「然唐中葉漸有今體慢曲
　　子，而近世有填連昌詞入曲者，後復轉此曲入道詞，又轉入高宮
　　大石調。」〔註22〕成己此闋平仄頗不遵格律，下片末句少一字。

（三）〈水龍吟〉共一闋，錄一闋。

1、壽舍弟菊軒。

上片：

天高秋氣初清，姑山汾水增明秀。黃花紅葉，輸香泛灩，

⊖－⊖｜－－，⊙－⊙｜｜－－△。⊙－⊙｜，⊖－⊖｜，

恰過重九。細撚金蕤，旋題新句，滿斟芳酒。況人生自有，

⊖－⊖△。⊙｜－－，⊙－－｜，⊙－－△。｜⊖－⊙｜，

〔註22〕岳珍：《碧雞漫志校正》（成都：巴蜀書社，2000 年），頁 112。

安排去處，須富貴、何時有。

⊖－⊕｜，⊖⊖｜、－－△。

下片：

休說山中宰相，也不效、斜川五柳，鉏犁自把，山田耕罷，

⊕｜⊖－⊕△，｜－⊖、⊖－⊖△，⊖－｜｜，⊖－⊕｜，

雙牛隨後。經史傳家，兒孫滿眼，漸能承受。待與若坐閱，

⊖－⊕△。⊖｜－－，⊕｜－｜，⊕－⊖△。｜－－｜，

莊椿歲月，作皤然叟。

－－｜｜，｜－－△。

【調略】一百零二字，上片五十二字，十一句，四仄韻，下片五十字，十句，五仄韻。

【調式】（上片）六。七。四。四。四。四。四。四。五。四。三。三。三。（下片）六。七。四。四。四。四。四。四。九。四。

【句式】（上片）2/2/2。2/2/3。2/2。2/2。2/2。2/2。2/2。2/2。1/2/2。2/2。1/2.。2/1。（下片）2/2/2。1/2/2/2。2/1/1。2/2。2/2。2/2。2/2。2/2。1/2/2。2/2。1/3。

按：此調又名〈小樓連苑〉、〈水龍吟令〉、〈水龍吟慢〉、〈海天闊處〉、〈莊椿歲〉、〈鼓笛慢〉、〈龍吟曲〉與〈豐年瑞〉，有平韻與仄韻二體，克己取仄韻體用之。此闋調式稍有不從格律。

（四）〈滿庭芳〉共四闋，錄一闋。

1、

上片：

鏖戰文場，橫揮筆陣，萬言一策平邊。青雲穩步，逸氣蓋

⊖｜－－，⊖－⊖｜，⊕－⊕｜－○。○⊖－⊖｜，⊖⊕｜

賢關。致主堯虞堂上，眞儒事，直欲追前。回頭錯，開中

－○。⊕｜⊖－⊕｜，⊕⊕｜，⊖｜－○。⊕－｜，⊕－

風味，一笑覺都還。

⊕｜，⊕｜｜－○。

下片：

百年都幾日，何須抵死，著意其間。尋一丘一壑，

⊖－－｜｜，⊖－⊕｜，⊕｜－○。｜⊖⊕⊖－，

此固無難。遁跡月蘿深處，風吹夢、不到長安。

⊕｜－○。⊕｜⊖－⊕｜，⊖⊖｜、⊕｜－○。

渾無事，牀頭睡起，簷日已三竿。

－－｜，⊖－⊕｜，⊖｜｜－○。

【調略】雙調，九十五字，上片四十八字，下片四十七字，各十
　　　　句四平韻。

【調式】（上片）四。四。六。四。五。五。七。三。四。五。
　　　　（下片）五。四。四。三。六。六。七。四。三。四。
　　　　五。

【句式】（上片）2/2。2/2。2/2/2。2/2。2/1/2。2/2/2。1/2。1/1/2。
　　　　2/1。2/2。2/1/2。（下片）2/1/2。2/2。2/2。1/2/2。1/1/2。
　　　　2/2/2。1/1/1/2/2。1/2。2/2。2/1/2。

按：此調又名〈山抹微云〉、〈話桐鄉〉、〈滿庭霜〉、〈滿庭花〉、〈瀟湘
　　雨〉等，《片玉集》注中呂調。此調有平韻與仄韻兩體，二段取
　　平韻體用之，此闋用韻、平仄少有不合，然下片調式四、五句有
　　所更動。

（五）〈行香子〉共一闋，錄一闋。

1、書舍偶成。

上片：

自歎勞生。枉了經營。到而今、一事無成。不如聞早，

｜｜－－。｜｜－○。｜－－、｜｜－○。－－｜｜，

覓箇歸程。向渭川漁，東市卜，富春耕。

－｜－○。｜｜－－，－｜｜，｜－○。

下片：

眼底浮榮。身外虛名。儘輸他、時輩崢嶸。得偷閒處，
—｜—○。—｜—○。｜——、｜｜—○。——｜｜，

且適閒情。有坐忘篇，傳燈錄，洗心經。
—｜—○。｜｜——，｜—｜，｜—○

【調略】雙調，六十六字，上、下片三十三字，上片八句四平韻，
下片八句五平韻。

【調式】（上片）四。四。七。四。四。四。三。三。（下片）
四。四。七。四。四。四。三。三。

【句式】（上片）2/2。2/2。3/2/2。2/2。2/2。1/2/1。2/1。1/2。
（下片）2/2。2/2。3/2/2。1/2/1。2/2。1/3。2/1。2/1。

按：《詞譜》：「《中原音韻》、《太平樂府》俱注雙調。《蔣氏九宮譜目》
入中呂引子。」（卷14，頁437。）成己此闋除平仄略有不合律，
其餘皆符合格律。

（六）〈驀山溪〉共一闋，錄一闋。

1、

上片：

杏花半吐，花底香風度。楊柳嫩金絲，拂晴波、垂垂萬縷。
———△。—｜——△。｜｜｜——，｜——、｜——△。

東君著意，付與有情人，山下路，水邊村，總是堪行處。
——｜｜，—｜｜——。—｜｜，｜——，—｜——△。

下片：

春光幾許，不用忙歸去。呼取麴生來，把閒愁、一時分付。
——｜△，—｜——△。—｜｜——，——｜、——｜△。

大都是醉，三萬六千場，遇有酒，且高歌，留取青春住。
｜—｜｜，——｜——，｜｜｜，｜——△｜｜——，。

【調略】雙調，八十二字，上、下片各四十一字，[註23] 九句
四仄韻。

【調式】（上片）四。五。五。七。四。五。三。三。五。（下
片）四。五。五。七。四。五。三。三。五。

【句式】（上片）2/2。2/1/2。2/1/2。3/2/2。2/2。2/3。2/1。2/1。
2/1/2。（下片）2/2。2/1/2。2/2/1。3/2/2。2/2。2/2/1。
1/2。1/。2/2/1。

按：《詞譜》：「《墨翰全書》名〈上陽春〉，金詞注大石調。」（卷19，
頁566）此調又名〈弄珠英〉與〈心月照云溪〉，因賀鑄詞有「弄
珠英，因風委墜」句，故又名〈弄珠英〉，王喆改名爲〈心月照
云溪〉。成己此闋平仄稍與格律稍有不合。

（七）〈南鄉子〉共三闋，錄一闋。

1、衛弟行之壽。

上片：

蘭玉衛諸郎。我見白頭子最良。說似向人人不會，何妨。
－｜｜－○。－｜－－｜｜○。｜｜｜－－｜｜，－○。

靜裏誰知竹有香。
－｜－－｜｜○

下片：

歲月沒商量，暗地催人兩鬢霜。三萬六千須實數，休忙，
｜｜｜－○，｜｜－－｜｜○。｜｜｜－－｜｜，－○，

才是東風第一場。
｜｜－－｜｜○

【調略】雙調，五十六字，上下各二十八字，五句，四平韻。

【調式】（上片）五。七。七。二。七。（下片）五。七。七。
二。七。

[註23] 潘慎《詞律辭典》作雙調八十二字，上、下片各「四十二」字，上、
片之字數實誤，應爲四十一，今改之。頁752。

【句式】（上片）2/2/1。2/3/2。2/2/3。2/2/3。（下片）2/3。2/2/3。
　　　　2/2/3。1/1。2/2/3。

按：此調又名〈仙鄉子〉、〈好離鄉〉、〈莫思鄉〉、〈蕉葉怨〉等，《金
　　奩集》注黃鐘宮，《張子野集》注中呂宮，《片玉集》注商調，《于
　　湖先生長短句》注雙調。成己此闋調式謹遵格律，唯平仄與用調
　　稍有不合律者。

（八）〈木蘭花〉共四闋，錄一闋。

1、前重陽幾日，籬下始見菊放數花，嗅香挼蘂，慨然有感而作，
　　以貽山中二三子。

上片：

人生行樂須閒早。休惜一尊花下倒。
｜－｜｜－－△。｜｜｜｜－－｜△。

無情歲月不相饒，轉首吳霜紛莫掃。
｜－｜｜｜－－，｜－｜｜－｜△。

下：片：

佳時苦恨懽悰少。鏡裏衰顏難更好。
｜｜－｜－－△。－｜｜－－｜｜△。

試將離恨說渠儂，天若有情天亦老。
－－｜｜｜－－，｜｜｜－－｜｜△。

【調略】雙調，五十六字，上、下片各二十八字，四句，三仄韻。

【調式】成己此闋調式與押韻頗合格律，唯平仄用法與格律多有
　　　　出入。

【句式】（上片）2/2/3。2/2/3。2/2/3。2/2/3。（下片）2/2/3。
　　　　2/2/3。2/2/3。1/1/2/3。

按：此調原為唐教坊曲名，又名〈玉樓春〉、〈減字木蘭花〉、〈木蘭花
　　令〉。此闋僅平仄用法不合格律，調式與用韻頗遵格律。

（九）〈木蘭花慢〉共一闋，錄一闋

1、元宵感舊。

上片：

　金吾不禁夜，放簫鼓，恣遊邀。被萬里長風，一天星斗，
　－－－｜｜，｜－｜、｜－○。｜｜｜－－，－－｜｜，

　吹墮層霄。御樓外，香暖處，看人間，平地起仙鼇。
　｜｜－○。－－｜，－｜｜、｜－－，－｜｜－○。

　華燭紅搖醉勒，瑞煙翠惹吟袍。
　－｜｜－－，｜｜－－｜－○。

下片：

　老來懷抱轉無聊。虛負可憐宵。遇美景良辰，詩情漸減，
　－－｜｜｜－○。｜－｜－○。｜｜｜－－，－－－｜，

　酒興全消。思往事，今不見，對清尊、瘦損沈郎腰。
　｜｜－○。｜－－、－｜｜，｜－－、－｜｜－○。

　惟有當時好月，照人依舊梅梢。
　－｜－－｜｜，｜｜－－｜－○

【調略】雙調，一百零一字，上片五十字，九句四平韻，下片五
　　　　十一字，九句五平韻。

【調式】（上片）五。六。五。四。四。六。八。六。六。（下
　　　　片）七。五。五。四。四。六。七。六。六。

【句式】（上片）2/1/2。1/2。1/2。1/2/2。2/2。2/2。2/1。2/1。
　　　　1/2。2/1/2。2/2/2。2/2/2。（下片）2/2/3。2/2/1。1/2/2。
　　　　2/2.。2/2。1/2。1/2。1/2/2/3。2/2/2。2/2/2。

按：此調又名〈千秋歲〉。《樂章集》注南呂調，《于湖先生長短句》
　　注高平調。成己此闋調式與平仄稍有不合律，僅用韻合律而已。

（十）〈江城子〉共八闋，錄兩闋：

1、甲辰晦日立春。

　　上片：

雞棲行李短轅車。馬如蛙。畏途賒。四十九年，
⊕－⊖｜｜－○。｜－○。｜－○。⊖－⊖－，

強半在天涯。任使東風吹不去，頭上雪，眼中花。
⊖｜｜－○。⊕｜⊖－－｜，－⊕｜　｜－○

下片：

甘泉宜稌復宜麻。近山窊。更宜瓜。明日新年，
⊕－⊖｜｜－○　｜－○。｜－○　⊖｜⊖－，

聞健早還家。報答春光猶有酒，傾白蟻，岸烏紗。
⊖｜｜－○。⊕｜⊖－－｜｜，－⊕｜，｜－○。

【調略】雙調，七十字，上、下片各三十五字，七句五平韻。

【調式】（上片）七。三。三。四。五。七。三。三。（下片）
　　　　七。三。三。四。五。七。三。三。〔註24〕

【句式】（上片）2/2/3。1/2。1/2。3/1。2/1/2。2/2/3。2/1。2/1。
　　　　（下片）2/2/3。1/2。1/2。2/1/。1/2/2。2/2/3。1/2。1/2。

按：克己此闋平仄、調式頗遵格律，唯用韻稍有出韻。

2、幽懷追和遯庵先生韻。

上片：

昔年兄弟共彈冠。轉頭看。各蒼顏。千古功名，都待似東
－－｜｜｜－△。｜－△。｜－△。｜｜－－，－｜｜－

山。慷慨一杯風露下，追往事，敘幽歡。
△。｜｜｜－－｜｜，－｜△，｜｜△。

下片：

晨霞翠柏尚堪餐。養餘閒。未全慳。十丈冰花，況有藕如
｜－－｜｜－△。｜－｜。｜－△。｜｜－－，－｜｜－

船。醉裏忽乘鸞鶴去，塵土外，兩臞仙。
△。｜｜｜－－｜｜，－｜，｜｜△。

〔註24〕潘慎：《詞律辭典》頁503，〈江城子〉下片調式為七。三。三。九。
　　　　七。三。三。此處據龍沐勛：《唐宋詞格律》，頁9改之。

【調略】雙調，七十字，上、下片各三十五字，七句五仄韻。

【調式】（上片）七。三。三。四。五。七。三。三。（下片）
　　　　七。三。三。四。五。七。三。三。

【句式】（上片）2/2/3。2/1。1/2。2/2。1/2/2。2/2/3。1/2。1/2。
　　　　（下片）2/2/3。1/2。1/2。2/2。2/1/2。2/2/3。2/1。1/2。

按：此調又名〈水晶簾〉、〈江神子〉、〈江神子令〉、〈村意遠〉，此調
　　有平韻與仄韻兩體，克己取平韻體用之，成己取仄韻體用之。《金
　　奩集》注雙調，《張子野集》注高平調。成己此闋除調式遵守格
　　律外，平仄與用韻多不守格律。

（十一）〈浣溪沙〉共三闋，錄一闋。

1、壽菊軒弟。

上片：

　　白髮相看老弟兄。閒身無辱亦無榮。兒孫已可代躬耕。
　　⦶｜⊖－⦶｜○。⦶－⦶｜｜－○。⊖－⦶｜｜－○。

下片：

　　了卻文章千載事，不須談笑話功名。青山高臥待昇平。
　　⊖｜⦶－－｜｜，⦶－⊖｜｜－○。⦶－⊖｜｜－○。

【調略】雙調，四十二字，上片二十一字，三句三平韻，下片二
　　　　十一字，三句，二平韻。

【調式】（上片）七。七。七。（下片）七。七。七。

【句式】（上片）2/2/3。2/2/1/2。2/2/3。（下片）2/2/3。2/2/3。
　　　　2/2/3。

按：此調又名〈小庭花〉、〈清和風〉、〈滿院春〉、〈東風寒〉、〈雙菊黃〉
　　等。克己此闋除平仄稍有不合格律，其餘皆符合格律。

（十二）〈訴衷情〉共二闋，錄一闋。

1、初夏偶成。

上片：

東風簾幙雨絲絲。梅子半黃時。玉簪微醒，醉夢開卻兩三枝。

⊖－①｜｜－○。⊖①｜｜－○。⊖⊖①①－｜，⊖｜｜－○。

下片：

初睡起，曉鶯啼。倦彈碁。芭蕉初綻，徙倚湖山，綵筆題詩。

－｜｜，｜－○。｜－○。①｜－－｜，⊖｜－－，⊖｜－○。

【調略】雙調，四十四字，上片二十三字，四句三平韻，下片二十一字，六句三平韻。

【調式】（上片）六。五。六。五。（下片）三。三。三。四。四。四。

【句式】（上片）2/2/3。2/3。2/2。2/2/3。（下片）1/2。2/1。1/2。2/2。2/2。2/2。

按：此調又名〈桃花水〉、〈一絲風〉。《白香詞譜》題考云：「本調為溫飛卿所創。義取《離騷》中：『眾不可戶說兮，孰云察余之中情，而曰〈訴衷情〉』」。〔註25〕克己此闋調式與平仄皆不合律，僅用韻合律而已。

（十三）〈生查子〉共一闋，錄一闋。

1、正月上旬夜，夢寐間聞雪作，詰旦起視，但云煙出沒，曉山濃淡如畫，西望長河，僅一髮耳。作長短句，以寫一時勝槩。

上片：

澹月晃書窗，夜靜雲撩亂。敧枕瀟瀟聽雪聲，落葉閒階滿。

｜｜｜－－，｜｜｜－－△。－｜｜－－｜｜，－－△－○。

下片：

清曉獨開門，淡蕩東風頓軟。詩句成時墮渺茫，眼底江天遠。

｜｜｜－－，｜｜｜－－△。－｜｜－－｜｜，－－△－－。

【調略】雙調，四十二字，上片二十字，下片二十二字，各四具兩仄韻。

【調式】（上片）五。五。五。五。（下片）七。五。五。五。

〔註25〕《白香詞譜》，頁19。

【句式】（上片）2/1/2。2/1/2。2/2/3。2/2/1。（下片）2/1/2。
　　　　2/2/1。2/2/3。2/2/1。

按：此調又名〈楚云深〉、〈梅和柳〉、〈晴色入青山〉、〈梅溪渡〉等。
　　《詞譜》：「唐教坊名曲。《尊前集》注雙調，元高拭詞注南呂宮。」
　　（卷3，頁93）克己此闋調式、平仄與用韻皆不合格律。

（十四）〈西江月〉共一闋，錄一闋。

1、久雨新霽，秋氣益清，與二三子登高賦之。

上片：

　　人與寒林共瘦，山和老眼俱青。
　　⊙｜⊙－⊖｜，⊖－⊖｜｜－○。

　　琤然一葉不須驚。葉本無心入聽。
　　⊙－⊖｜｜－○。⊖｜⊖－⊖｜△。

下片：

　　氣爽雲天改色，潦收煙外無聲。
　　⊙｜⊙－⊖｜，⊖－⊖｜｜－○。

　　夕陽洲外片霞明。涵泳一江秋影。
　　⊙－⊙⊙｜－○。⊙｜⊖－⊙｜△

【調略】雙調，五十字，上下片各二十五字，二平韻一葉韻。中
　　　　呂調。
【調式】（上片）六。六。七。六。（下片）六。六。七。六。
【句式】（上片）1/1/2/1/1。1/1/2/1/1。2/2/3。1/1/2/2。（下片）
　　　　2/2/2。2/2/2。2/2/3。2/2/2。

按：此調又名〈白蘋香〉、〈步虛詞〉、〈江月令〉、〈壺天曉〉、〈晚春時
　　候〉、〈玉爐三澗雪〉。《詞譜》：「唐教坊名曲。《樂章集》注中呂
　　調。」（卷8，頁241）克己此闋除平仄用法稍有不合律之外，其
　　餘皆符合格律。

　　依《詞律辭典》所載各體格律，觀之〈二妙詞〉一百三十闋，共

有九十一闋合於音律，且〈二妙詞〉中平仄格律，符合詞律準則者，如上錄〈月上海棠〉諸篇，選錄於各家詞譜中，以資後人參考。另外，有三十九闋不合格律，有音律不諧之現象，出律者大多是平仄用法，少數調式更動，韻腳變動情況不多見。蓋二段性曠達豪爽，不喜音律所縛，又生當金元之交，亡國之幽憤，痛徹心扉，格律難以束縛之，故所填之詞，偶有情性勝於格律。

第三節　韻部分類

　　四聲有別，陰陽相諧，聲韻與文情，關係甚密，前人對韻部與文情多有闡述。譬如清人周濟云：「東眞韻寬平，知先韻細膩，魚歌韻纏綿，蕭尤韻感慨，各具聲響，莫草草亂用。」〔註26〕況周頤亦於《蕙風詞話・詞須選韻》曰：「作詠物詠事詞，必先審韻。選韻爲審，雖有絕佳之意、洽合之典，欲用而不能。用其不必用、不甚合者以就韻，乃至涉尖新，近牽強，損風格，其弊與彊和人韻者同。」〔註27〕近人王易亦云：「平韻和暢，上、去韻纏綿，入韻迫切，此四聲之別。……用平韻、入韻者當陰、陽相調，用上、去韻者當上、去相調，庶聲情不致板滯。」〔註28〕可見填詞必先審愼選擇韻部，然後作長短句。

　　唐五代以降，至於宋作詞之用韻準則，蓋多依清戈載《詞林正韻》歸納，詞人押韻採該韻兼跨多韻，並以「部」爲單元以填詞。《詞林正韻》共分韻十九部，每一韻部包含若干韻目，編排次序爲第一部至第十四部，乃平、上、去三聲分列（若入聲未獨用，入派三聲。）；第十五部至第十九部爲入聲。除第十三部爲「侵」韻獨用外，其餘均可同部跨韻。

〔註26〕〔清〕周濟：《宋四家詞選目錄序論》，見唐圭璋編：《詞話叢編》（臺北：新文豐出版社，1988年），卷2，頁1645。

〔註27〕〔清〕況周頤：《蕙風詞話》卷一，見唐圭璋編：《詞話叢編》卷四，頁4416～4417。

〔註28〕詳見王易：《詞曲史・構律第六》（北京：東方出版社，1996年3月），頁246。

　　詞之押韻，隨詞調而有異同。大致可分為「單韻」、「多韻」、「平仄通協」三類。「單韻」，即不論平聲、仄聲，或入聲之韻，皆用同一部韻之字以相協；「多韻」，係指詞中協韻之字，涉兩部（含以上）之韻腳；「平仄通協」，即詞中協韻字盡屬同一部，而以平聲韻協仄聲韻。

　　茲以《詞林正韻》〔註29〕所分之韻部，分析並歸納〈二妙詞〉用韻情形。

一、單　韻

第一部

　　此部包括平聲一東、二冬、三鍾，上聲一董，去聲一送、二宋、三用。

1、〈江城子〉（百花飛盡彩雲空）韻腳：空、叢、紅、功、容、宮、
　　重、融、龍、風。
　　按：其中空、叢、紅、功、宮、融、風屬一東韻，容、重、龍為
　　　　三鍾韻字，以上皆為平聲。

第三部

　　此部包括平聲五支、六脂、七之、八微、十二齊、十五灰，上聲四紙、五旨、六止、七尾、十一薺、十四賄，去聲五寘、六至、七志、八未、十二霽、十三祭、十四太（半）、十八隊、二十廢。

1、〈滿江紅〉（光景催人）韻腳：袂、翠、淚、醉、累、寄、氣、計、
　　意。
　　按：其中袂為去聲十三祭韻字，翠、淚、醉、累、寄為去聲五寘
　　　　韻字，氣為去聲八未韻字，計為去聲十二霽韻字，意為去聲
　　　　七志韻字。

2、〈大江東去〉（道人活計）韻腳：計、已、毀、己、泚、此、李、

〔註29〕〔清〕戈載：《詞林正韻》（臺北：文史哲出版社，1980年），此韻書
　　　　於道光元年（1821A.D.）寫成。

裏、水。

按：計爲去聲十二霽，毀、泚、此爲上聲四紙，已、己、李、裏
爲上聲六止，水爲上聲五旨。

3、〈望月婆羅門引〉（東風嫋嫋）韻腳：衣、霏、知、圍、違、非、
詩、稀、絲。

4、〈望月婆羅門引〉（繁華夢斷）韻腳：衣、霏、知、圍、違、非、
詩、稀、絲。

5、〈望月婆羅門引〉（小窗睡起）韻腳：衣、霏、知、圍、違、非、
詩、稀、絲。

6、〈望月婆羅門引〉（蹉跎歲晚）韻腳：衣、霏、知、圍、違、非、
詩、稀、絲。

7、〈望月婆羅門引〉（長安倦客）韻腳：衣、霏、知、圍、違、非、
詩、稀、絲。

按：以上五闋，其中衣、霏、非、圍、違、稀爲八微韻字，知、
詩爲五支韻字，絲爲七之韻字，以上皆爲平聲。

8、〈鷓鴣天〉（千尺長虹下飲溪）韻腳：溪、圍、悲、霏、絲、時。

9、〈鷓鴣天〉（古木寒藤蔭小溪）韻腳：溪、圍、飛、霏、絲、時。

10、〈鷓鴣天〉（颭颭輕舟逆上溪）韻腳：溪、圍、飛、霏、絲、時。

11、〈鷓鴣天〉（行徹南溪到北溪）韻腳：溪、圍、飛、霏、絲、時。

12、〈鷓鴣天〉（瀑布岩前水滿溪）韻腳：溪、圍、飛、霏、絲、時。

按：以上五闋，其中溪屬十二齊，圍、飛、霏爲八微韻字，絲、時爲
七之韻字，以上皆爲平聲。

13、〈訴衷情〉（東風簾幙雨絲絲）韻腳：絲、時、枝、啼、碁、詩。

按：其中絲、時、碁、爲、詩爲七之韻字，枝屬五支韻，啼屬十
二齊韻，以上皆爲平聲。

14、〈朝中措〉（無言脈脈怨春遲）韻腳：遲、知、兒、時、脂。

按：其中爲遲、脂屬六脂韻，知、兒爲五支韻字，時爲七之韻字，以上皆爲平聲。

15、〈大江東去〉（西風汾浦）韻腳：際、繫、耳、愧、此、醉、起、水。

按：其中際爲去聲十三祭韻字，繫屬去聲十二霽韻，耳、起爲上聲六止韻字，醉、愧屬上聲六至韻，此爲上聲四紙韻字，水屬上聲五旨韻。

第四部

此部包括平聲九魚、十虞、十一模，上聲八語、九噳、十姥，去聲九御、十遇、十一暮。

1、〈江城子〉（階前流水玉鳴渠）韻腳：渠、廬、居、呼、如、疎、漁、鋤、書、圖。

按：其中渠、廬、居、如、疎、漁、鋤、書屬九魚韻，呼、圖爲十一模韻字，皆爲平聲。

2、〈漁家傲〉（春去春來誰作主）韻腳：主、雨、語、舉、去、路、暮、緒、舞、住。

按：其中主、雨、舞爲上聲九噳韻字，住屬去聲十遇韻，去爲去聲九御韻字，暮屬去聲十一暮韻，住屬去聲十遇韻。

3、〈漁家傲〉（一片飛花春已暮）韻腳：暮、雨、苦、許、絮、處、路、住、馭、去。

按：其中暮、路屬去聲十一暮韻，雨爲上聲九噳韻字，苦屬上聲十姥韻，許、住屬去聲十遇韻，絮、處、馭、去爲去聲九御韻字。

4、〈漁家傲〉（詩句一春渾漫與）韻腳：與、土、縷、絮、語、所、處、去、住、雨。

按：其中與、語、所屬上聲八語韻，土屬上聲十姥韻，絮、處、去爲去聲九御韻字，縷、雨爲上聲九麌韻字，住屬去聲十遇韻。

5、〈漁家傲〉（燈火蕭條春日暮）韻腳：暮、皷、許、縷、處、寓、馭、路、住。霧。

按：其中暮、路屬去聲十一暮韻，皷屬上聲十姥韻，許、住、霧、寓屬去聲十遇韻，縷爲上聲九麌韻字，處、馭爲去聲九御韻字。

6、〈驀山溪〉（杏花半吐）韻腳：吐、度、處、許、去、住。

按：其中吐、度屬去聲十一暮韻，處、去爲去聲九御韻字許、住屬去聲十遇韻。

第七部

此部包括平聲二十二元、二十五寒、二十六桓、二十七刪、二十八山、一先、二仙，上聲二十阮、二十三旱、二十四緩、二十五潸、二十六產、二十七銑、二十八獮，去聲二十五願、二十八翰、二十九換、三十諫、三十一襉、三十二霰、三十三線。

1、〈漢宮春〉（公子歸來）韻腳：然、年、顏、前、連、千、氈、蘭。

按：其中然、連、氈爲二仙韻字，年、前、千爲一先韻字，顏爲二十七刪韻字，蘭爲二十五寒韻字，以上皆爲平聲。

2、〈滿庭芳〉（歸去來兮）韻腳：邊、關、前、還、間、難、安、竿。

3、〈滿庭芳〉（歸去來兮）韻腳：邊、關、前、還、間、難、安、竿。

4、〈滿庭芳〉（萬籟收聲）韻腳：邊、關、前、還、間、難、安、竿。

5、〈滿庭芳〉（鏖戰文場）韻腳：邊、關、前、還、間、難、安、竿。

按：以上四闋，其中邊、前爲一先韻字，關、還、間爲二十七刪韻字，難、安、竿爲二十五寒韻字，以上皆爲平聲。

6、〈望月婆羅門引〉（暮雲收盡）韻腳：盤、寒、鸞、山、殘、懂、

鞍、安。

7、〈望月婆羅門引〉（鳳城春好）韻腳：盤、寒、鸞、山、殘、懽、
　　鞍、安。

　　按：以上兩闋，其中盤、懽為二十六桓韻字，寒、安、鸞、殘、
　　　　鞍為二十五寒韻字，山為二十八山韻字，以上皆為平聲。

8、〈鷓鴣天〉（擺脫浮名儘自閑）韻腳：閑、團、難、寬、安、寒。

9、〈鷓鴣天〉（誰伴閑人閑處閑）韻腳：閑、團、難、寬、安、寒。

10、〈鷓鴣天〉（那得茅齋一餉閑）韻腳：閑、團、難、寬、安、寒。

11、〈鷓鴣天〉（堂上幽人睡正閑）韻腳：閑、團、難、寬、安、寒。

　　按：以上四闋，其中閑為二十八山韻字，團、寬屬二十六桓韻，
　　　　難、安、寒屬二十五寒韻，以上皆為平聲。

12、〈江城子〉（九衢塵土涴儒冠）韻腳：冠、看、顏、山、懽、餐、
　　閑、慳、船、仙。

13、〈江城子〉（昔年兄弟共彈冠）韻腳：冠、看、顏、山、懽、餐、
　　閑、慳、船、仙。

　　按：以上二闋，其中冠、懽為二十六桓韻字，看、餐屬二十五寒
　　　　韻，顏、慳為二十七刪韻字，山、閑為二十八山韻字，船、
　　　　仙屬二仙韻，以上皆為平聲。

14、〈江城子〉（百年光景霎時間）韻腳：間、看、斑、閑、餐、安、
　　難、安、冠、山。

　　按：其中看、餐、難、山屬二十五寒韻，間、斑為二十七刪韻字，
　　　　閑、山為二十八山韻字，冠為二十六桓韻字。

15、〈月上海棠〉（閑人不愛春拘管）韻腳：管、暖、軟、淺、滿、散、
　　轉、眼。

　　按：其中管、暖、滿為上聲二十四緩韻字，軟、淺、轉為上聲二
　　　　十八獮，散屬去聲二十八翰韻，眼為二十六產韻字。

16、〈浣溪沙〉（莫說長安行路難）韻腳：難、邊、前、圓、年。

　　按：其中難屬二十五寒韻，邊、前、年爲一先韻字，圓爲二仙韻字，以上皆爲平聲。

17、〈浣溪沙〉（莫說長安行路難）韻腳：偏、鞭、山、娟、圓。

　　按：其中偏、鞭、圓、娟爲二仙韻字，山爲二十八山韻字，以上皆爲平聲。

18、〈生查子〉（澹月晃書窗）韻腳：亂、滿、軟、遠。

　　按：其中亂屬去聲二十九換韻，滿爲上聲二十四緩韻字，軟屬上聲二十八獮韻，遠爲上聲二十阮韻字。

第八部

　　此部包括平聲三蕭、四宵、五爻、六豪，上聲二十九篠、三十小、三十一巧、三十二皓，去聲三十四嘯、三十五笑、三十六效、三十七號。

1、〈蝶戀花〉（嚴菊開時霜信杳）韻腳：杳、了、到、笑、草、掃、倒、小。

　　按：其中杳、了屬上聲二十九篠韻，草、掃、倒爲上聲二十二皓韻字，到爲去聲三十七號韻字，笑屬去聲三十五笑韻，小爲上聲三十小韻字。

2、〈鷓鴣天〉（幼歲文章已自豪）韻腳：豪、髦、漂、朝、騷、醪。

3、〈鷓鴣天〉（釃酒臨江詫裏豪）韻腳：豪、髦、漂、朝、騷、醪。

4、〈鷓鴣天〉（當日元龍氣最豪）韻腳：豪、髦、漂、朝、騷、醪。

5、〈鷓鴣天〉（七自驪珠句法豪）韻腳：豪、髦、漂、朝、騷、醪。

6、〈鷓鴣天〉（把酒簪花強自豪）韻腳：豪、髦、漂、朝、騷、醪。

7、〈鷓鴣天〉（千古蘭亭氣象豪）韻腳：豪、髦、漂、朝、騷、醪。

8、〈鷓鴣天〉（潑酒償春笑二豪）韻腳：豪、髦、漂、朝、騷、醪。

按：以上七闋，其中豪、髦、騷、醪屬六豪韻，漂、朝爲四宵韻
　　字，以上皆爲平聲。

9、〈鷓鴣天〉（襯步金沙村路遙）韻腳：遙、招、橋、邀、敲、高。

10、〈鷓鴣天〉（鵬翼翩翩去路遙）韻腳：遙、招、橋、邀、敲、高。

按：以上二闋，遙、招、橋、邀爲四宵韻字，敲爲五爻韻字，高
　　屬六豪韻，以上皆爲平聲。

11、〈月上海棠〉（酒杯何似浮名好）韻腳：好、小、曉、杪、沼、少、
　　繞、了。

按：其中好爲上聲三十二皓韻字，小、杪、沼、繞屬上聲三十小
　　韻，曉、了、少屬上聲二十九篠韻。

12、〈月上海棠〉（住山活計宜聞早）韻腳：早、小、曉、杪、沼、少、
　　繞、了。

按：其中早爲上聲三十二皓韻字，小、杪、沼、繞、少屬上聲三
　　十小韻，曉、了屬上聲二十九篠韻。

13、〈木蘭花〉（人生行樂須閒早）韻腳：早、倒、掃、少、好、老。

14、〈木蘭花〉（不才自合收身早）韻腳：早、倒、掃、少、好、老。

15、〈木蘭花〉（篛鱸江上秋風早）韻腳：早、倒、掃、少、好、老。

16、〈木蘭花〉（醉中昨夜歸來早）韻腳：早、倒、掃、少、好、老。

按：以上四闋，其中早、倒、掃、好、老爲上聲三十二皓韻字，
　　少屬上聲三十小韻。

17、〈木蘭花慢〉（金吾不禁夜）韻腳：遨、霄、鼇、袍、聊、宵、腰、
　　梢。

按：其中霄、宵、腰屬四宵韻，遨、鼇、袍爲六豪韻，聊爲三蕭
　　韻字，梢爲五爻韻字，以上皆屬平聲。

第十部

此部包括平聲十三佳（半）、九麻，上聲三十五馬，去聲十五卦

（半）、四十禡。

1、〈江城子〉（雞棲行李短轅車）韻腳：車、蛙、賒、涯、花、麻、
窊、瓜、家、紗。

按：車、蛙、賒、花、麻、窊、家、紗屬九麻韻，涯爲十三佳韻
字，以上皆爲平聲。

2、〈江城子〉（數椽茆舍大如蝸）韻腳：蝸、涯、家、些、嗟、蛙、
華、加、槎、蛇。

按：蝸、家、些、華、嗟、蛙、加、槎、蛇屬九麻韻，涯爲十三
佳韻字，以上皆爲平聲。

3、〈臨江僊〉（仲蔚門牆蓬蘙滿）韻腳：華、家、耶、涯、麻、花。

4、〈臨江僊〉（白首老如身連蹇）韻腳：華、家、耶、涯、麻、花。

5、〈臨江僊〉（十載龍門山下路）韻腳：華、家、耶、涯、麻、花。

6、〈臨江僊〉（四十六年彈指過）韻腳：華、家、耶、涯、麻、花。

按：以上四闋，其中華、家、耶、麻、花屬九麻韻，涯爲十三佳
韻字，以上皆爲平聲

第十一部

此部包括平聲十二庚、十三耕、十四清、十五青、十六蒸、十七
登，上聲三十八梗、三十九耿、四十靜、四十一迥、四十二拯、四十三
等，去聲四十三映、諍、四十五勁、四十六徑、四十七證、四十八嶝。

1、〈臨江僊〉（管領韶華成老醜）韻腳：情、輕、行、名、纓、青。

按：情、輕、名、纓屬十四清韻，行爲十二庚韻字，青屬十五青
韻，以上皆爲平聲。

2、〈浣溪沙〉（莫說長安行路難）韻腳：兄、榮、耕、名、平。

按：其中兄、平、榮爲十二庚韻字，名屬十四清韻，耕屬十三耕
韻，以上皆爲平聲。

第十二部

　　此部包括平聲十八尤、十九侯、二十幽，上聲四十四有、四十五厚、四十六黝，去聲四十九宥、五十候、五十一幼。

1、〈滿江紅〉（臘盡春來）韻腳：手、秀、吼、鬥、瘦、舊、酒、走、壽。

　　按：其中手、吼、鬥、吼、走、酒為上聲四十四有韻字，秀、瘦、舊、壽為去聲四十九宥韻字。

2、〈滿江紅〉（料峭東風）韻腳：舊、首、柳、朽、有、酒、透、又、後。

　　按：其中首、柳、朽、有、酒為上聲四十四有韻字，舊、又為去聲四十九宥，透為去聲五十候、後為上聲四十五厚。

3、〈水調歌頭〉（亂雲低薄暮）韻腳：秋、樓、流、裘、遊、州、悠、籌。

4〈水調歌頭〉（人生等行旅）韻腳：秋、樓、流、裘、遊、州、悠、籌。

　　按：以上二闋，其中秋為十八尤韻字，樓屬十八侯韻，以上皆為平聲。

5、〈鷓鴣天〉（點檢笙歌上小樓）韻腳：樓、秋、稠、悠、流、愁。

6、〈鷓鴣天〉（酒滿金尊客滿樓）韻腳：樓、秋、稠、悠、流、愁。

7、〈鷓鴣天〉（不是秋來懶上樓）韻腳：樓、秋、稠、悠、流、愁。

8、〈鷓鴣天〉（那得功夫上酒樓）韻腳：樓、秋、稠、悠、流、愁。

9、〈鷓鴣天〉（手段慚非五鳳樓）韻腳：樓、秋、稠、悠、流、愁。

10、〈鷓鴣天〉（豪氣消磨百尺樓）韻腳：樓、秋、稠、悠、流、愁。

　　按：以上六闋，其中樓屬十八侯韻，秋、稠、悠、流、愁為十八尤韻字，以上皆為平聲。

11、〈月上海棠〉（小樓舞徹雙垂手）韻腳：手、九、秀、酒、負、友、

嗅、袖。

12、〈月上海棠〉(時平無用經綸手) 韻腳:手、九、秀、酒、負、友、
　　嗅、袖。

13、〈月上海棠〉(黃花未入淵明手) 韻腳:手、九、秀、酒、負、友、
　　嗅、袖。

14、〈月上海棠〉(老來還我扶犁手) 韻腳:手、九、秀、酒、負、友、
　　嗅、袖。

15、〈月上海棠〉(光陰輸與閑人手) 韻腳:手、九、秀、酒、負、友、
　　嗅、袖。

16、〈月上海棠〉(秋風鶴髮雙龜手) 韻腳:手、九、秀、酒、負、友、
　　嗅、袖。

　　按:以上六闋,其中手、九、酒、友、負爲上聲四十四有韻字,
　　　秀、嗅、袖屬去聲四十九宥韻。

17、〈臨江僊〉(濁酒一杯歌一曲) 韻腳:悠、樓、秋、流、愁、洲。

18、〈臨江僊〉(濁酒一杯歌一曲) 韻腳:悠、樓、秋、流、愁、洲。

19、〈臨江僊〉(轉眼榮枯驚一夢) 韻腳:悠、樓、秋、流、愁、洲。

20、〈臨江僊〉(走遍人間無一事) 韻腳:悠、樓、秋、流、愁、洲。

21、〈臨江僊〉(自笑荒才非世用) 韻腳:悠、樓、秋、流、愁、洲。

　　按:以上五闋,其中悠、秋、流、愁、洲爲十八尤韻字,樓屬十
　　　八侯韻,以上皆爲平聲。

二、多　韻

　　多韻可分三類,轉韻、遞韻、間韻,轉韻爲用不同韻部之字,逐
次轉換韻部,較少回復使用,亦稱換韻:遞韻係指用兩部(含以上)
之韻字,交替相協;間韻乃指用韻以某一部爲主,夾雜其他韻部之字
以協韻,又稱錯韻。

（一）轉 韻

1、〈江城子〉（雞棲行李短轅車）韻腳：栽、臺、開、排、埃、堆、回、催、瑰、來。

按：其中栽、臺、開、排、埃爲第五部平聲字，堆、回、催、瑰、來爲第三部平聲字。

2、〈清平樂〉（東君調護）韻腳：護、暮、露、戶、亭、明、聲。

按：其中護、暮、露、戶爲第四部上、去聲韻字，亭、明、聲屬第十一部平聲韻字。

3、〈清平樂〉（雞聲戒曉）韻腳：曉、道、妙、嶠、涵、閑、南。

按：其中曉、道、妙、嶠爲第八部上、去聲韻字，涵、南屬第十四部平聲韻，閑爲第七部平聲韻字。。

（二）間 韻

1、〈滿江紅〉（塞馬南來）韻腳：色、裂、策、闋、絕、血、別、月、咽。

按：以第十八部韻字爲主，其中色、策爲第十七部韻字。

2、〈滿江紅〉（塵滿貂裘）韻腳：客、病、憶、昔、說、臆、息、日、識。

按：以第十七部韻字爲主，其中病爲第十一部去聲字，說爲第十八部韻字。

3、〈滿江紅〉（雨後荒園）韻腳：射、質、潔、惜、白、昔、節、立、泣。

4、〈滿江紅〉（誰把秋香）韻腳：射、質、潔、惜、白、昔、節、立、泣。

按：以上兩闋，以第十七部韻字爲主，其中潔、節爲第十八部韻字。

5〈滿江紅〉（檢點花枝）韻腳：矗、斷、跡、急、客、隔、昔、碧、窄。

按：以第十七部韻字爲主，其中矗、斷爲第十五部入聲字。

6、〈滿江紅〉（有嬌之後）韻腳：裔、出、氣、瑞、志、事、試、計、地。

　按：以第三部去聲韻字爲主，其中出爲第十七部韻字。

7、〈滿江紅〉（古堞憑空）韻腳：矗、續、基、急、客、隔、昔、碧、窘。

　按：以第十七部韻字爲主，其中矗、斷爲第十五部入聲字，基爲第三部平聲字。。

8、〈滿江紅〉（春色三分）韻腳：過、火、破、那、物、賀、貨、墮、些、臥。

　按：以第九部上、去聲韻字爲主，其中物爲第十八部韻字。

9、〈滿江紅〉（五柳成陰）韻腳：味、稚、趣、矣、事、累、致、翠、記。

　按：以第三部去聲韻字爲主，其中趣爲第四部去聲韻字，矣爲第三部上聲韻字。

10〈水調歌頭〉（雙龍隱扶輦）韻腳：翔、鄉、舉、處、茫、鏘、蒼、穰、野、稼、忘、章。

　按：以第二部韻字爲主，其中舉、處爲第四部上、去聲韻字，野、稼爲第十部上、去聲韻字。

11、〈大江東去〉（無堪老嬾）韻腳：嬾、食、客、息、織、力、昔、席、北。

　按：以第十七部韻字爲主，其中嬾爲第七部韻字。

12、〈大江東去〉（干戈蠻觸）韻腳：觸、已、毀、己、泚、此、李、裏、水。

　按：以第三部上、去聲韻字爲主，其中觸爲第十五部入聲韻字。

13、〈水龍吟〉（天高秋氣初清）韻腳：秀、九、酒、有、相、柳、後、

受、叟。

按：以第十二部上、去聲韻字爲主，其中相爲第二部去聲韻字。

14、〈蝶戀花〉（二月山城春尚未）韻腳：未、藥、地、趣、繫、味、意、置。

15、〈蝶戀花〉（檢點東園花發未）韻腳：未、藥、地、趣、繫、味、意、置。

16、〈蝶戀花〉（燕子歸來寒食未）韻腳：未、藥、地、趣、繫、味、意、置。

按：以上三闋，以第三部韻字爲主，其中趣爲第四部去聲韻字。

17、〈漁家傲〉（不是花開常殢酒）韻腳：酒、暮、句、住、縷、霧、覷、處、去、雨。

按：以第四部上、去聲韻字爲主，其中酒爲第十二部上聲韻字，句爲第十二部去聲韻字。

18、〈漁家傲〉（龍尾溝邊飛柳絮）韻腳：絮、數、履、露、霧、度、主、雨、處、去。

按：以第四部上、去聲韻字爲主，其中履爲第三部上聲韻字。

19、〈漁家傲〉（斷送春光惟是酒）韻腳：酒、手、就、皺、溜、膽、舊、後、舉、瘦。

按：以第十二部上、去聲韻字爲主，其中舉爲第四部上聲韻字。

20、〈臨江僊〉（人道花開春爛熳）韻腳：情、行、聲、英、陰、瓶。

按：以第十一部平聲韻字爲主，其中陰爲第十三部平聲韻字。

21、〈訴衷情〉（東風簾幙雨絲絲）韻腳：漪、酒、非、景、霏、衣。

按：以第三部平聲韻字爲主，其中酒爲第十二部上聲韻字，景爲第十一部上聲韻字。

22、〈南鄉子〉（五福幾人全）韻腳：全、偏、傳、官、廉、憐、弦、年。

按：以第七部平聲韻字爲主，其中廉爲第十四部平聲韻字。

23、〈南鄉子〉（五福幾人全）韻腳：郎、良、妨、香、量、霜、年、場。

按：以第二部平聲韻字爲主，其中年爲第七部平聲韻字。

24、〈南鄉子〉（五福幾人全）韻腳：先、連、年、傳、縑、篇、歎、盤。

按：以第七部平、去聲韻字爲主，其中縑爲第十四部平聲韻字。

25、〈最高樓〉（貧而樂）韻腳：疑、嬉、肥、詩、惡、慕、衣、時。

按：以第三部平聲韻字爲主，其中惡、慕爲第四部去聲韻字。

26、〈大江東去〉（暮年懷抱）韻腳：食、客、寄、織、力、昔、土、北。

按：以第十七部入聲韻字爲主，其中土爲第四部上聲韻字。

27、〈滿江紅〉（欲把長繩）韻腳：住、舊、九、首、口、酒、候、去、許。

按：其中住、去、許爲第四部去聲韻字，舊、九、首、口、酒、候爲第十二部上聲韻字，以第十二部韻字爲主。

28、〈水調歌頭〉（清秋好天氣）韻腳：場、辰、宇、雨、廊、俍、漿、忘、鼓、庶、莊、香。

按：其中場、廊、俍、漿、忘、莊、香爲第二部平聲韻字，辰屬第六部平聲韻、宇、雨、鼓、庶爲第四部上、去聲韻字，以第二部韻字爲主。

29、〈大江東去〉（悲哉秋氣）韻腳：氣、沉、發、別、闋、屑、鐵、白、說。

按：其中氣、說爲第三部去聲韻字，沉、發、別、闋、屑、鐵爲第十八部韻字，白則爲第十七部韻字，以第十八部韻字爲主。

30、〈鷓鴣天〉（瓦釜逢時亦轉雷）韻腳：雷、崔、開、苔、來、回。

31、〈鷓鴣天〉（樓外殘云走怒雷）韻腳：雷、嵬、開、苔、來、回。

32、〈鷓鴣天〉（古獄干將未遇雷）韻腳：雷、嵬、開、苔、來、回。

33、〈鷓鴣天〉（瀲瀲春江走怒雷）韻腳：雷、嵬、開、苔、來、回。

34、〈鷓鴣天〉（冷臥空齋鼻吼雷）韻腳：雷、嵬、開、苔、來、回。

35、〈鷓鴣天〉（三月寒潭未起雷）韻腳：雷、嵬、開、苔、來、回。

36、〈鷓鴣天〉（不恤枯腸殷夜雷）韻腳：雷、嵬、開、苔、來、回。

　　按：以上七闋，雷、嵬、回爲第三部平聲韻字，開、苔、來屬第
　　　　五部平聲韻，以第三部與第五部韻字爲主。

三、平仄通協

1、〈西江月〉（人與寒林共瘦）韻腳：青、驚、聽、聲、明、影。

　　按：其中青屬平聲十五青韻，驚、明爲平聲十二庚韻字，聽爲四
　　　　十六徑韻字，聲屬十四清韻，影爲上升三十八梗韻字，以上
　　　　皆屬第七部。

2、〈蝶戀花〉（鵜鴃一聲春已曉）韻腳：曉、草、了、老、少、惱、
　　操、道。

　　按：其中曉、了、少屬上聲二十九篠韻，草、老、惱、道爲上聲
　　　　二十二皓韻字，操爲平聲六豪韻字。

　　〈二妙詞〉用韻方式，單韻方面押韻可用十九部，僅用八部（第
一部、第三部、第四部、第七部、第八部、第十部、第十一部、第十
二部），二段用韻方式採單韻最多，高達八十四闋，其中押平韻者六
十，押仄韻者二十四，其次爲多韻，多韻三類只選用二類，遞韻不用，
而間韻用之最夥。多韻則押仄韻最多，平韻次之，平仄相協五闋，至
於平仄通協用之最少，僅二闋。

　　詞人選調得宜，用韻恰當，譬如克己過故城，題詞以記，選用聲
情激昂之〈滿江紅〉，又以十八部入聲「色」、「別」、「咽」等短促音
節，突顯亡國之悲慟，成己幽棲龍門十載，感事懷人，亦用〈滿江紅〉，

以纏綿去聲韻腳「悴」、「淚」、「寄」，抒懷國之思，克己〈鷓鴣天〉
五闋，以平聲齊微韻，抒其遊歷青陽峽之樂，又作〈望月婆羅門引〉
二闋，以和順平聲寒桓韻，委婉追憶昔日繁華，〈漁家傲〉送春六曲，
用上、去聲道其惜春之情，垂暮之嘆。成己遁世，見菊花開，有感而
作〈木蘭花〉四闋，以上聲小皓韻，抒其幽居之慨。二段倚聲填詞，
審慎擇調、選韻，詞音節流美，情溢於紙，殊爲佳作。